NEFI BLIWL!

CATHERINE SEFTON
ADDASIAD
EMILY HUWS

Argraffiad Cyntaf—1992

ISBN 0 86383 950 9

ⓗ y testun: Emily Huws

Addasiad o *Blue Misty Monsters* gan Catherine Sefton

Cyhoeddwyd dan gynllun comisiynu'r Cyngor Llyfrau
Cymraeg

Dymuna'r cyhoeddwyr gydnabod cymorth a chyfarwyddyd
Adrannau'r Cyngor Llyfrau Cymraeg.

Argraffwyd gan
J.D. Lewis a'i Feibion Cyf., Gwasg Gomer, Llandysul, Dyfed.

1 *I Lawr yn fan'cw!*

Hwyliodd y llong drwy'r gofod i'r chwith o'r haul ac i'r dde o'r lleuad cyn troi, newid cyfeiriad a dechrau arafu gan droelli tua phen ei thaith.

'Dechrau Nesáu at y Ddaear!' gorchmynnodd Mamiwl gan blygu dros y panel rheoli.

'Dechrau Nesáu!' ailadroddodd Dadiwl.

'Honna ydi hi?' gofynnodd Odl.

'Be?'

'Y Ddaear,' a bang-bang-bangiodd Odl yr hyn welai ohoni ar y Gwydr-gweld efo'i wn gofod.

'Dyna hi'r Ddaear!' meddai Dadiwl. 'Cadw di'n glir o'r botymau 'na, Odl!'

'Dwi isio bwyd!' cwynodd Mo fach.

'Wyt, drwy'r adeg,' meddai Odl.

'Ond dwi bron â llwgu!' meddai Mo. 'Oes yna rywbeth i'w fwyta?'

'Sero 3900 yn gostwng!' cyhoeddodd Mamiwl. 'Bendith ichi, rhowch floc bwyd iddi, rhywun!'

Rhoddodd Dadiwl flocyn bwyd i Mo. Un bach, tua'r un faint â bar o siocled oedd o ond roedd yn llawn dop o ynni.

'Mmmm!' meddai Mo gan gymryd llond ceg.

'Mi fyddi di'n sâl!' meddai Odl.

'Rwyt *ti*'n 'y 'ngwneud i'n sâl!'

'Ddim mor sâl ag y byddi di os caiff rhyw hen Anghenfil Daear Deudroed afael ynot ti!' meddai Odl.

'Odl!' arthiodd Mamiwl a Dadiwl yn flin.

'Oes yna lawer o Angenfilod Daear, Mamiwl?' holodd Mo yn ofnus.

'Oes!' atebodd Odl. 'Mae yna Hedfanwyr a Nofwyr, a Rhuwyr yn y jyngl a hen Ddeudroedwyr ofnadwy a . . .'

'Hen bethau pitw bach ydyn nhw, Mo,' meddai Mamiwl yn frysiog. 'Ti'n gwybod hynny'n iawn.'

'Wnân nhw 'mwyta i?' gofynnodd Mo gan orffen y darn olaf o'r blocyn bwyd.

'Na wnân,' meddai Mamiwl.

'Gwnân!' meddai Odl.

'ODL!' bloeddiodd Dadiwl.

'A'th lyncu di bob tamaid!' ychwanegodd Odl yn wên o glust i glust.

'Un gair arall ac mi fyddwn ni'n troi'n ôl ac yn mynd adref, Odl,' meddai Mamiwl yn bendant. 'Dim gwyliau. Dim mynd i weld Angenfilod Daear. DIM BYD! Wyt ti'n deall?'

'Iawn Mamiwl,' meddai Odl ac ailddechrau bang-bang-bangio'r Ddaear.

'Dwi isio mynd adref,' meddai Mo gan ddringo i mewn i'w Chrud a swatio ynddo'n gysurus.

'Sero 3500, yn gostwng,' cyhoeddodd Mamiwl.

'Sero 3500, yn gostwng,' cadarnhaodd Dadiwl.

'Mae'n well gan Mo fod gartre nag yn crwydro'r gofod,' meddai Odl.

'Byd o les i bawb, crwydro'r gofod,' meddai Mamiwl. 'Ehangu'r meddwl.'

'Pa feddwl?' gofynnodd Odl. 'Does gan Mo 'run!'

'Odl!' gwaeddodd ei rieni'n flin.

'Cadw'n glir o'r botymau 'na, Odl!' ychwanegodd Dadiwl. 'Sawl gwaith sy'n rhaid dweud wrthat ti?'

'Ddrwg gen i,' meddai Odl.

'Paid ag ymddiheuro os nad wyt ti'n ei feddwl o,' meddai Mamiwl. 'Yn mynd i mewn i'r llwybr.'

'I mewn i'r llwybr,' ailadroddodd Dadiwl.

Troellodd y llong ofod yn araf o amgylch y Ddaear. Llithrodd caead Crud Mo yn ei ôl.

'Be 'di'r rheina, Mamiwl?' gofynnodd Mo

gan bwyntio at ffurfiau mawr ar y Gwydr-gweld. 'Angenfilod ydyn nhw?'

'Mynyddoedd, Mo. Dwi wedi dweud wrthat ti o'r blaen. Pethau bychan ydi Angenfilod Daear, hyd yn oed y Deu-droedwyr. Hen bethau pitw bach ydyn nhw o'u cymharu â ni.'

'Mae Angenfilod Daear Deudroed yn bwyta'r angenfilod eraill,' meddai Odl.

'Dwi ddim isio mynd i'r Ddaear,' meddai Mo. 'Fase'n well gen i fynd yn ôl adre.'

'Fydd neb yn dy nabod di, Mo,' meddai Mamiwl. 'Mi fydd gen ti rith-wisg Ddeu-droedaidd amdanat ac mi fyddi di'n medru crwydro o gwmpas y Ddaear. Fydd y Deu-droedwyr ddim callach nad wyt ti'n un ohonyn nhw.'

'Dwi ddim isio edrych 'run fath â nhw,' meddai Mo. 'Maen nhw'n hyll ac yn dwp.'

'Paid â bod yn wirion, Mo,' meddai Mamiwl.

'Edrychwch ar y tai i lawr yn fan'cw, odanon ni,' meddai Dadiwl gan droi'r stori'n frysiog.

'Be ydi "tai", Dadiwl?' gofynnodd Odl gan rythu i lawr arnyn nhw.

'Cartrefi'r Deudroedwyr, Odl,' eglurodd Dadiwl. 'Dyna lle maen nhw'n byw.'

'Pam maen nhw'n byw mor glòs at ei gilydd?' gofynnodd Odl gan syllu ar y Gwydr-gweld. 'Pam maen nhw wedi'u gwasgu'n agos at ei gilydd fel'na?'

'Wyddan nhw ddim gwell,' meddai Mamiwl.

'Dydyn nhw ddim yn rhyw glyfar iawn,' meddai Dadiwl.

'Dwi isio mynd adre,' meddai Mo mewn llais pwdlyd. Dringodd i mewn i'w Chrud drachefn a chau'r drws uwch ei phen.

'Bang!' gwaeddodd Odl, a dawnsio o amgylch Crud Mo gan dynnu stumiau arni hi. 'Bang-bang-bang-bang! Ofn hen Angenfilod Deudroed! Hen fabi Mo! Bang-bang-bang-baaaang!'

Baglodd a syrthio ar ben y botymau tanio.

WWWWSH!

Un eiliad roedd y Crud yno, a Mo i mewn ynddo. Yr eiliad nesaf, doedd dim sôn amdano . . .

'Mo!' sgrechiodd Mamiwl.

Ond roedd Crud Mo wedi mynd ymhell ar y blaen i'r llong ofod gan chwyrlïo i lawr. Fedrai Mamiwl na Dadiwl wneud affliw o ddim i'w rhwystro rhag disgyn i'r Ddaear. Doedd dim fedrai Mo druan ei wneud

9

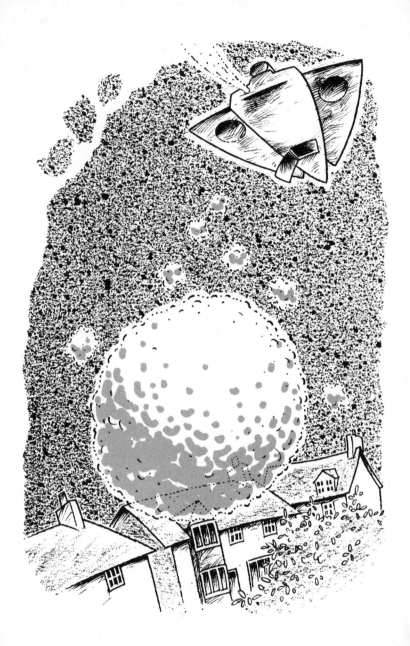

chwaith oherwydd roedd hi'n rhy fach i ddeall sut roedd ei Chrud hi'n gweithio.

I lawr, lawr, lawr â'r Crud. I lawr, lawr, lawr i . . .

2 *Y Niwl Rhyfedd*

. . . ardd gefn rhif 73 Stryd y Plas, lle'r oedd Tecs a'i fam a'i dad yn byw.

Gardd Tecs oedd hi, meddai Mam, oherwydd doedd tad Tecs yn gwneud affliw o ddim ond meddwl. Doedd o'n dda i ddim am weithio go-iawn ac roedd hi'n rhy brysur yn y Siop Ail-law. Gwnâi Tecs beth fyd a fynnai yno, codi cytiau efo hen deiars a bocsys, ymladd y chwyn efo cleddyf a gosod trapiau bwlis.

Roedd yna dri bwli. Nhw oedd y bwlis gwaethaf yn ysgol Tecs. Roedden nhw i gyd yn fwy na fo, felly'r rhan fwyaf o'r amser roedd o'n cadw'n ddigon clir oddi wrthyn nhw drwy aros yn ei ardd. Roedd o wedi llenwi'r lle â thrapiau: pydew bwlis â darn o hen bren drosto, larwm bwlis, mannau i guddio ydyn nhw, a lle i sbecian arnyn

11

nhw, sef cilfach arbennig yng nghanghennau'r goeden afalau. Ym mhen draw'r ardd roedd y ganolfan twyllo bwlis, cwt sinc â thyllau o dan y llawr i guddio pethau.

Yno'r oedd Tecs a'i dad wedi cadw tân gwyllt ar gyfer noson Guto Ffowc. Roedd yno rai i Huw drws nesaf hefyd. Roedd o'n rhy fach i gael tân gwyllt ei hun ond roedd ei dad, Huw Fawr, wedi prynu Gwiail Gwreichion iddo ac roedd Tecs yn eu cadw ar ei gyfer.

Roedd Tecs newydd fod yno'n morol fod ei dân gwyllt i gyd yn iawn pan welodd o'r niwl.

Doedd y niwl ddim dros yr ardd i gyd, dim ond yn y canol lle'r oedd o wedi hel pethau at ei gilydd ar gyfer y goelcerth.

Roedd y pentwr o hen focsys a sbwriel a brigau yno o hyd, ond welai Tecs mohonyn nhw'n glir oherwydd y niwl. Roedd o'n niwl od, yn dod i lawr yn syth bin o'r awyr ac yn lledaenu'n gyflym ar ôl taro'r ddaear.

Yn sydyn, gwyddai Tecs ym mêr ei esgyrn fod rhywbeth o'i le.

Nofiodd y niwl yn gyflym tuag ato. Roedd ymyl grychlyd o olau glas yn chwarae o'i gwmpas. Pan gyffyrddai'r niwl ag unrhyw beth, clywid sŵn clecian â fflach yn dilyn ac roedd y peth yn diflannu i mewn iddo.

Dechreuodd y sŵn yn isel. I ddechrau meddyliodd Tecs mai rhywun wedi dod â phethau i'r Siop Ail-law oedd yno yn canu'r gloch ffrynt. Yna sylweddolodd nad dyna oedd o oherwydd roedd y sŵn yn cynyddu fel sŵn set deledu wedi cael ei gadael ymlaen ar ôl i'r rhaglenni orffen. Yna newidiodd i fod yn hymian a hwnnw'n codi'n uwch ac yn uwch ac yn UWCH! Rhoddodd Tecs ei ddwylo dros ei glustiau, ond fedrai o yn ei fyw gadw'r sŵn allan.

Crynodd y ddaear dan ei draed fel petai gordd fawr yn ei dyrnu, ac yna gwelodd fod y gwellt yn plygu'n ôl. Yna . . .

DAETH

RHYWBETH

MAWR

. . . i lawr o'r awyr uwchben yr ardd.

Siâp pêl oedd arno ac roedd o'n hisian. Daeth i lawr a'i osod ei hun ar y glaswellt yn araf.

Stopiodd yr hymian-hisian.

Roedd popeth yn yr ardd yn llonydd ac yn ddistaw.

Doedd yno ddim byd ond Tecs, a'r niwl a Chrud Mo.

Wyddai Tecs ddim mai Crud Mo oedd y belen fawr wen. Wyddai o ddim i sicrwydd beth oedd o, ond roedd ganddo syniad go lew.

Llong ofod.

Agorodd ei geg i alw am help. Yna, caeodd hi. Roedd Mam yn y Siop Ail-law a Dad i fyny'r grisiau yn ei ystafell feddwl. Byddai Dad o'i go'n las pe bai rhywun yn tarfu ar ei heddwch pan fyddai'n meddwl a fuasai Dad byth yn credu fod llong ofod yng ngwaelod yr ardd beth bynnag.

'Fy llong ofod *i* ydi hi,' meddai Tecs wrtho'i hun. 'Hei! Mi fydda i'n *enwog*!'

Llifodd y niwl allan fel afon las pan laniodd y llong ofod ac erbyn hyn roedd o bron wedi cyrraedd Tecs. Estynnodd ei law i'w gyffwrdd a lledodd y niwl i fyny'i fraich. Rhedodd sioc gynnes drwy'i gorff yr holl ffordd o flaenau'i fysedd i flaenau'i draed. Rhoddodd sbonc fach a llithrodd ei sbectol oddi ar ei drwyn.

Aeth Tecs i godi'i sbectol a darganfod na fedrai o symud na llaw na throed.

Roedd o wedi'i hoelio yn yr unfan. Fedrai o ddim siarad. Fedrai o ddim cau'i lygaid. Teimlai'n gynnes braf y tu mewn a braidd yn gysglyd, yn union fel petai newydd fwyta llond ei fol.

'Dydw i ddim yn anadlu!' meddyliodd. 'O! Tybed ydw i'n mynd i farw?'

Ond wnaeth o ddim. Roedd corff Tecs wedi stopio, yn union fel ei oriawr, ond roedd darn bach ohono'n dal i dician y tu mewn.

Chwyrlïodd y niwl o'i amgylch gan gau amdano a rhedeg dros bob darn o'i gorff.

'Mae o'n *cosi*'! meddai Tecs wrtho'i hun, ond fedrai o ddim chwerthin na'i osgoi oherwydd ei fod o wedi'i fferru yn yr unfan.

Dechreuodd y llong ofod ddirgrynu. Symudai'r ochrau gwyn sgleiniog i mewn ac allan yn araf fel petai'n anadlu. Yna clywyd sŵn tebyg i sŵn neidr yn hisian a llithrodd un ochr i'r bêl ddisglair ar agor.

'Gofotwyr!' meddyliodd Tecs. 'Waw!'

Roedd hi'n dywyll fel y fagddu i mewn yn y llong ofod ac allan o'r tywyllwch daeth Mo.

Wyddai Tecs ddim ei fod o'n edrych ar Mo.

Beth welodd o ond siâp mawr glas niwlog. Roedd o'n las tywyllach na gweddill y niwl a doedd dim golau'n crychu o amgylch yr ymylon. Roedd y siâp rhyw deirgwaith yn

16

fwy na Tecs a daeth allan o'r belen wen yn
betrus braidd, fel petai'n ansicr ohono'i
hun.

Llithrodd y siâp tuag at Tecs, stopiodd o'i
flaen. Yna, gwelwyd ef yn troi.

Byddai Tecs wedi dal ei wynt pe medrai,
ond fedrai o ddim.

Ymddangosodd geneth o'i flaen. Roedd
hi'n hofran yn yr awyr uwchben y goelcerth
a medrai weld *drwyddi*.

'W-A-W!' meddyliodd Tecs.

Dyna lle'r oedd Mo yn hofran uwchben y
goelcerth yn edrych i lawr ar y Deudroed-
iwr. Dyma'r tro cyntaf iddi hi ei weld ac yn
ei thyb hi doedd o'n fawr o beth chwaith.

Yna . . .

'O Na! Mamiwl!' Sylweddolodd Mo iddi
wneud camgymeriad.

Roedd y Deudroediwr yn *galed*, fedrai hi
ddim gweld drwyddo, ac roedd o'n *drwm*, a
golygai hynny fod yn rhaid iddo aros ar y
llawr.

'O HELP!'

Felly fe wnaeth Mo yr unig beth y medrai
hi feddwl am ei wneud: troi'n ôl. Defnydd-
iodd hynny lawer iawn o'i hynni, ond roedd

hi wedi troi cyn iddi feddwl yn iawn beth roedd hi'n ei wneud.

'Nid arna i mae'r bai!' cwynodd wrthi'i hun. 'Mae rhith-wisg ddeudroedaidd yn gwneud pethau'n *anodd*. Dydw i ddim wedi arfer.'

Ond doedd dim ots. Byddai Mamiwl a Dadiwl ac Odl yn dod i lawr i'w nôl hi cyn bo hir.

'Dydw i ddim isio bod 'run fath â *chdi*,' meddai hi wrth y Deudroediwr. Fedrai'r Deudroediwr ddim ateb yn ôl am ei bod hi wedi ei *sodro* pan ddaeth hi allan o'i Chrud, dim ond rhag ofn. 'Ond fedra i ddim dal ati i sodro pethau,' meddai Mo wrthi'i hun. 'Mae'n defnyddio gormod o ynni a does gen i ddim blociau bwyd. Dwi'n mynd yn ôl i 'Nghrud nes daw Mamiwl!' Yna sylweddolodd na fedrai hi ddim oherwydd y si.

'Mae'n rhaid imi wneud y Crud yn fach er mwyn iddo sïo. Daria! Wnaiff o ddim sïo os na wna i hynny. Ac os na fydd fy Nghrud i'n sïo fedr Mamiwl byth gael hyd imi!'

Cyffyrddodd yr ochrau a dechreuodd y Crud leihau gan droi'n wyn fel llefrith ac yn niwlog. Yna symudodd gan fynd yn llai fyth a chaledu. Ar y dechrau roedd yr un

18

faint â phêl-droed, yna pêl denis ac wedyn roedd o'n edrych yn union fel marblen wen. Dechreuodd wneud sŵn si-si-si isel.

'Dwi'n ei glywed o ac mi fydd Mamiwl a Dadiwl yn ei glywed o, ond fydd y Deudroediwr ddim yn ei glywed o!' cysurodd Mo ei hun. 'Dim problem!'

Aeth i fyny i'r goden afalau i le sbecian bwlis Tecs gan ei gosod ei hun ar y pentwr comics a guddiwyd mewn cilfach rhwng y canghennau. Doedd hi ddim yn rhyw gysurus iawn yno, ond teimlai'n ddiogel, ac roedd Mo wedi hen flino ar ôl yr antur.

Cysgodd.

3 *Gwylio'r Deudroedwyr*

'Tecs?' meddai Mam.

'Be?' edrychodd Tecs arni'n gysglyd.

'Pam rwyt ti wedi tynnu dy sbectol, Tecs?' gofynnodd Mam gan eu codi oddi ar y llawr a'u sychu ar ei ffedog. 'Cymer ofal rhag iti eu torri nhw.'

'Ond dydw i ddim yn eu gwisgo nhw yn fy ngwely,' atebodd Tecs yn gysglyd.

'Dwyt ti ddim yn dy wely!' meddai Mam.

'Nac ydw?' gofynnodd Tecs.

''Dan ni yn yr ardd,' meddai Mam. 'Lle oeddet ti'n feddwl oeddet ti? Oes 'na rywbeth yn bod, Tecs?'

Edrychodd Tecs o'i gwmpas yn gymysglyd. 'Y . . . y . . . nac oes . . . dwi ddim yn meddwl,' atebodd. Roedd yna *rywbeth* y dylai ei gofio, ond wyddai o ddim beth yn hollol chwaith.

'Wel brysia 'ta!' meddai Mam. 'Mae Huw wedi dod yma i chwarae efo ti.'

'Helô, Huw,' meddai Tecs.

'Helô,' meddai Huw gan eistedd ar lawr.

'Mae mam Huw a Huw Fawr wedi mynd i siopa ac fe ddwedais i y byddet ti'n ei warchod o.'

'Iawn, Mam,' meddai Tecs.

'Ti'n aros efo ni i gael te, yn twyt Huw?' meddai Mam.

'Te!' meddai Huw yn fodlon.

'Ty'd i helpu i wneud y goelcerth, Huw,' meddai Tecs. 'Mae'n rhaid iddi fod yn barod erbyn nos fory: noson Guto Ffowc.'

Ond doedd Huw erioed wedi clywed am Guto Ffowc. 'Te?' gofynnodd.

'Ddim rŵan, Huw,' meddai mam Tecs. 'Cyn bo hir.'

Doedd Huw ddim yn rhyw fodlon iawn ond cododd ac aeth i nôl brigyn a'i daflu ar y goelcerth. Brigyn bychan bach oedd o.

'Da iawn chdi, Huw!' meddai Tecs. 'Pan dyfi di'n fawr mi fedrwn ni'n dau ddyrnu'r bwlis 'na efo'n gilydd!'

Roedd yna ddau o'r Deudroedwyr rŵan. Gwelai Mo nhw'n glir.

Yr un roedd hi wedi'i sodro oedd un ohonyn nhw ond un bychan oedd y llall. Babi. Roedd o'n ddoniol, yn baglu ar draws ei draed ei hun ac yn syrthio o hyd.

Roedd Mo wedi dotio ato fo.

Roedden nhw'n gwneud pentwr o frigau ond doedd gan Mo ddim diddordeb yn hwnnw. Y Deudroedwyr yn unig oedd yn bwysig iddi hi.

'Mae 'na rywbeth yn ddigon hoffus yn y Deudroediwr mawr yna,' meddai Mo wrthi'i hun. 'Mae o fel petai o'n *gofalu* am yr un bach.'

Syrthiodd yr un bychan a rhoddodd yr un mawr help llaw iddo godi. Yna dechreuodd chwarae efo fo.

'Ella nad ydi Angenfilod Daear ddim yn ddrwg i gyd,' penderfynodd Mo.

Fu Tecs fawr o dro cyn laru ar warchod Huw. Bob tro roedd o'n dechrau codi'r goelcerth, tynnai Huw y brigau ohoni.

'Na, Huw!' meddai Tecs.

'Ie!' mynnodd Huw.

'N . . . A!' meddai Tecs, ond gan na fedrai Huw sillafu, doedd hynny'n ddim help o gwbl.

'Ty'd i weld y tân gwyllt, Huw,' awgrymodd Tecs.

Aeth â Huw i'r ganolfan twyllo bwlis a dangosodd y tân gwyllt iddo: Olwynion Catrin a Glaw Aur, Sêr Siriol a Rocedi, Jaci Jympars a Gwreichion Gwyllt, Llygaid Diafol a Fflechyll Tanllyd, Ellyllon Euraid a Fflamau Rubanau, Goleuadau Gwyrdd a Glas a Melyn.

'Anrheg!' meddai Huw.

Roedd ganddo rywbeth yng nghledr ei law. Dangosodd o i Tecs.

'Anrheg i mi?' gofynnodd Tecs gan afael ynddo.

Marblen oedd hi.

'Lle cest ti honna, Huw?' gofynnodd Tecs gan syllu arni. Un fechan wen oedd hi. Doedd Huw ddim i fod i gael marblis rhag ofn iddo eu llyncu.

'Anrheg!' meddai Huw gan guro'i ddwylo pan roddodd Tecs y farblen yn ei dun marblis.

'Dwi 'di cael anrheg gan Huw,' meddai Tecs wrth ei fam pan aethon nhw i mewn i gael te. 'Roedd o wedi cael gafael ar farblen o rywle. Dwi 'di'i chadw hi yn fy nhun marblis. Dydi o ddim i fod i gael marblis, nac ydi?'

'Lle cafodd o hi?' gofynnodd Mam. 'Mae o'n rhy fach i chwarae efo marblis.'

'Wel, mae o wedi rhoi un i mi,' meddai Tecs.

Ac yn y cyfamser, yn y tun marblis, dyna lle'r oedd y farblen yn gwneud sŵn si-si-si, ond fedrai neb ei chlywed hi, ddim hyd yn oed Niwlyn. Bownsiai'r sŵn yn ôl oddi ar ochrau metel y tun gan atseinio'n ofer i mewn ynddo.

Si-si-si-si.

Sylwodd Mo ddim fod y sŵn wedi diflannu. Roedd hi'n rhy brysur yn dilyn y Deudroed-wyr i gael gweld beth fydden nhw'n ei wneud wedyn. Dilynodd nhw i fyny llwybr yr ardd tua'u cartref. Wedyn i mewn â nhw.

Lle od oedd o. Roedd hi'n dywyll y tu mewn ond roedd ganddyn nhw bethau'n

24

llosgi yno i'w oleuo. Doedd yno ddim digon o le i hofran o gwmpas yn gysurus fel yn y llong ofod ac yng nghartref Mo. Roedd cartref y Deudroedwyr yn llawn dop o ryw betheuach Daear. Gallai Mo eu gweld drwy'r tyllau yn yr ochrau. Rhannwyd y tu mewn yn focsys. Roedd pedwar o'r Deudroedwyr wedi'u gwasgu i un bocs i gyd efo'i gilydd. Roedd yr un bychan yno, a'r un roedd hi wedi'i *sodro*, a dau arall: rhai mawr.

'Mae'n rhaid fod y ddau yna wedi gorffen tyfu!' penderfynodd Mo.

Roedd mwg yn dod allan o un Deudroed-iwr. Roedd o'n hen. Gwyddai Mo ei fod o'n hen oherwydd bod ei wallt o'n wyn. Roedd Dadiwl wedi sôn am wallt wrthi.

'Fetia i nad ydi o 'rioed wedi gweld un efo mwg yn dod ohono fo!' meddai Mo wrthi'i hun.

Dechreuodd y Deudroedwyr fwyta.

'*B-w-y-d*!' meddai Mo wrthi'i hun. Roedd hi ar lwgu!

Dyna lle'r oedd y Deudroedwyr yn stwffio Bwyd Daear i mewn i'w cyrff. Fel y rhan fwyaf o bethau roedd hi wedi'i weld ar y Ddaear doedd gan Mo fawr o feddwl ohono . . . ond roedd o'n fwyd.

25

'Mae'n debyg fod yn well imi ei fwyta fo os bydd raid i mi,' meddyliodd. Ac fe fyddai'n rhaid iddi os na fyddai Mamiwl a Dadiwl ac Odl yn dod i'w hachub hi cyn bo hir.

Ond er mwyn medru bwyta Bwyd Daear, roedd yn rhaid iddi gael corff Daear fel y Deudroedwyr. Mi fydd yn rhaid imi *droi eto*,' meddai hi.

Doedd troi ddim wedi gweithio'n rhy dda y tro cyntaf. Roedd o'n mynd â llawer o ynni Mo a doedd arni hi ddim awydd troi o gwbl.

'Dydw i ddim eisiau bod yn Ddeudroediwr!' meddai hi wrthi'i hun. 'O, *Mamiwl*! Dowch 'laen! Brysiwch wir! Mae'n hen bryd imi gael f'achub wir, Mamiwl. *Mamiwl . . . Mamiwl . . .* lle'r ydach chi, Mamiwl?'

4   *Tships Oer*

Roedd Mamiwl, Dadiwl ac Odl wedi cyrraedd y Ddaear i chwilio am Mo, ond dim ond *newydd* gyrraedd oedden nhw ac roedden nhw'n rhy hwyr i weld ble'r oedd hi wedi glanio.

Roedden nhw ryw ddwy filltir i ffwrdd, ar y llwybr a ddilynai glan yr afon drwy'r parc ac yno y cyfarfu Twm Drwm â nhw.

Tad y bwlis oedd Twm Drwm, stwcyn bychan tew, a doedd ganddo fo fawr i'w ddweud wrth ei feibion Crad a Llew a Gron. Cwrw a betio a gwylio reslo ar y teledu oedd ei bethau fo a threuliai'r rhan fwyaf o'i amser yn y dafarn i gael llonydd heb Crad a Llew a Gron dan draed.

Ar ei ffordd adref o'r dafarn wrthi'n bwyta tships a sgodyn roedd o pan sylwodd ar y niwl. Rhoddodd y gorau i stwffio tships i'w geg. Syllodd. Roedd yna rywbeth digon od ynglŷn â'r niwl. Roedd ei ymylon yn las ac yn grychlyd.

Cyffyrddodd y niwl goesau byr tewion Twm. 'Nefi bliwl!' meddai.

Dyna glec a fflach ac fe *sodrwyd* Twm ac yntau ar ganol rhoi tshipsan yn ei geg.

Ymddangosodd dau siâp niwlog anferth o'r tywyllwch. Fe'u dilynwyd gan un arall tua hanner y maint.

'Wyt ti'n meddwl ei fod o'n beryg, cariad?' holodd y siâp cyntaf gan chwyrlïo o amgylch Twm.

Wnaeth o ddim *siarad*. Doedd yna ddim sŵn. Ond gwyddai Twm yn iawn beth roedd

27

o'n ei ddweud. Clywai bob gair yn glir yn ei ben er nad oedd gan ei glustiau ddim byd i'w wneud â'r peth.

'Popeth yn iawn,' meddai'r ail siâp. 'Dw i wedi'i *sodro* fo.'

'Deudroediwr ydi o!' meddai'r un hanner maint. 'Bang-bang-bang!'

'Rho'r gorau iddi, Odl!' arthiodd y siâp cyntaf. 'Rho'r gorau iddi ar unwaith.'

'Dwi wedi,' meddai'r siâp hanner maint. 'Dwi wedi dileu'r hen Ddeudroediwr afiach!'

'Dyna ddigon, Odl,' meddai'r siâp cyntaf. 'Mae'n rhaid iti ddysgu bod yn gwrtais efo creaduriaid ar blanedau dieithr. Ddylet ti ddim brifo'u teimladau nhw.'

'Oes ganddyn nhw *deimladau*?' gofynnodd y siâp hanner maint.

'Wel oes, wrth gwrs,' atebodd y siâp cyntaf. 'Mae gan bopeth byw ei deimlad. 'Dydi Deudroedwyr ddim yn greaduriaid sydd wedi datblygu rhyw lawer, ond fe ddylet ti fod yn gwrtais ac yn garedig efo nhw'r un fath yn union.'

'Pam?' gofynnodd y siâp hanner maint.

'Fyddet *ti*'n hoffi iddyn nhw fod yn gas efo *ti*?' gofynnodd y siâp cyntaf. 'Fe allen nhw feddwl dy fod *ti*'n afiach.'

29

'Ond dydw i ddim,' meddai'r siâp hanner maint. Chwyrlïodd yn ofalus o amgylch Twm.

'Be 'di hwnna?' gofynnodd gan gyfeirio at y tships a'r sgodyn.

'Ych-â-fi!' meddai'r siâp cyntaf gan droi'i drwyn.

'Ei fwyd o ydi hwnna,' meddai'r ail siâp.

'Pam mae o'n cario'i fwyd efo fo mewn pecyn?' gofynnodd y siâp hanner maint. 'Pam na fwyteith o flociau bwyd, fel 'dan ni'n 'i wneud?'

'Mae'n debyg nad ydi Deudroedwyr ddim wedi dyfeisio blociau bwyd eto, Odl,' atebodd y siâp cyntaf. 'Paid ti â mynd yn rhy agos ato fo, cariad. Wyddost ti ddim pwy ydi neb dieithr. Fe all o fod yn elyniaethus.'

'Mae o'n andros o hyll,' meddai'r siâp hanner maint.

'Mae'n debyg nad ydi'r Deudroediwr fawr callach ei fod o'n hyll, cariad,' meddai'r siâp cyntaf. 'Mae o'n symud efo'r *rheina* ac yn gafael efo'r *rheina*.'

Penderfynodd Twm eu bod nhw'n cyfeirio at ei goesau a'i freichiau. Teimlai ei fod o'n drysu. Beth yn y byd mawr oedd yn digwydd iddo? *Fedrai* peth fel hyn ddim fod yn digwydd iddo fo!

'Dwi isio'i ddad-sodro fo,' meddai'r siâp hanner maint. 'Dwi isio'i weld o'n symud ar y *rheina* ac yn gafael efo'r *rheina*.'

'Ond mae'n hen bryd inni fynd i chwilio am Mo,' mynnodd y siâp cyntaf. 'Does gynnon ni ddim amser i rwdlian! Pam nad ydi hi ddim yn troi'r si ymlaen?'

'Am ei bod hi mor hurt!' mynnodd y siâp hanner maint.

'Taw! Taw y munud yma!' dwrdiodd yr ail siâp. 'Oni bai amdanat ti, fydden ni ddim yn y strach yma o gwbl.'

'Aros di nes cyrhaeddwn ni adref, Odl!' meddai'r siâp cyntaf yn fygythiol. 'Aros di nes ca' i afael ynot ti! Lansio dy chwaer fach druan draw i'r Ddaear fel 'na . . .'

Llithrodd y tri siâp ymaith gan adael Twm wedi'i *sodro* yn yr unfan â'i tships a'i sgodyn yn oeri'n anghynnes.

Ddaeth o ddim ato'i hun nes ei bod hi wedi troi naw o'r gloch a giatiau'r parc wedi'u cau. Erbyn hynny fedrai o yn ei fyw gofio beth yn hollol oedd wedi digwydd iddo.

Roedd gardd gefn rhif 73 Stryd y Plas yn ddistaw bach heb ddim i'w glywed ond sŵn gwichian hen siglen rydlyd Tecs. Roedd Tecs a'i rieni wedi mynd i'w gwelyau.

Doedd neb yn effro, neb ond Mo.

Dyna lle'r oedd hi'n hofran ym mhen draw'r ardd, blotyn o olau glas gwantan mewn cilfach yn y goeden afalau. Roedd hi'n oer ac ar lwgu ac ar ei phen ei hun ar blaned ddieithr.

'O! *Plîs* dowch, Mamiwl!' crefodd Mo yn ddistaw bach.

Ond ddaeth Mamiwl ddim.

Yn hytrach, digwyddodd rhywbeth ofnadwy.

Daeth Anghenfil Daear i'r ardd.

Anghenfil Daear bach iawn oedd o. Roedd ganddo bedwar peth i sefyll arno a rhywbeth yn chwifio ar y tu ôl a goleuadau gwyrdd disglair ar y tu blaen. Edrychai fel Rhuwr, ond roedd o'n rhy fach o lawer, a beth bynnag, doedd o ddim yn y jyngl. Daeth ffit-ffat tuag at Mo. Roedd ganddo flew du a gwyn drosto a botwm pinc meddal rhwng y goleuadau gwyrdd. Gosododd ei hun yn gyffyrddus wrth ei hymyl.

'Bechod na fasa fo'n mynd o'ma,' meddyliodd Mo. Ond aeth o ddim. Roedd o'n aros am rywbeth. Symudai'r peth y tu cefn iddo'n ôl ac ymlaen yn anniddig.

Symudai rhywbeth arall yn y tywyllwch.

Anghenfil arall! Wyddai Mo ddim beth oedd hwnnw chwaith, ond roedd o'n fychan iawn, iawn, yn llai o lawer na'r un oedd yn rhy fach i fod yn Rhuwr. Symudai'r anghenfil bychan yn ei flaen a gwyddai Mo fod yr Anghenfil â goleuadau gwyrdd disglair yn ei wylio.

Neidiodd yr Anghenfil efo'r goleuadau gwyrdd disglair.

Clywodd Mo wichian erchyll. Feiddiai hi ddim edrych.

Ond pan wnaeth hi, roedd yr Anghenfil Daear â'r goleuadau gwyrdd disglair yn ffit-ffatian draw oddi wrthi a'r Anghenfil pitw bach yn gwingo yn ei geg.

Roedd Angenfilod Daear yn bwyta'i gilydd! Dyna'r gwir! Gwelodd nhw â'i llygaid ei hun!

Os oedd rhai bychan du a gwyn â goleuadau gwyrdd a botymau pinc yn gwneud hynny, beth fyddai rhai mawr fel Deudroedwyr yn ei wneud pe caen nhw'r cyfle?

Roedd hi wedi gweld hen ddigon. Si neu beidio, roedd hi'n mynd yn ôl i'w Chrud. Fedrai'r Crud ddim sïo pan oedd o'n llawn maint, ond doedd dim ots am hynny. Roedd o'n glyd ac yn gynnes ac yn ddiogel.

Dyna pa bryd y darganfu Mo nad oedd ei Chrud hi ddim yn lle'r oedd hi'n meddwl ei fod o, a doedd o ddim yn sïo chwaith.

'O *Mamiwl*!' meddai hi. 'Beth wna i rŵan?'

Dechreuodd chwilota'n wyllt, ond fedrai hi yn ei byw gael hyd i'r Crud er iddi rannu'r lle yn sgwariau bychain ac archwilio pob sgwâr yn fanwl yn ei dro.

Chwyrlïodd yn druenus o amgylch yr ardd.

'Sut medran nhw gael hyd i mi heb y si? Fedran nhw ddim! Mi fydd yn rhaid imi aros yma am byth bythoedd!'

Bu'n hir iawn iawn cyn syrthio i gysgu. Pan gysgodd hi o'r diwedd, doedd o ddim yn gwsg esmwyth o gwbl. Roedd ei meddwl hi'n llawn hunllefau am Ddeudroedwyr a Rhuwyr-jyngl ac Angenfilod Daear anferth â goleuadau gwyrdd a thrwynau pinc. Teimlai'n fychan fach ac yn wantan iawn oherwydd doedd hi ddim wedi bwyta ers hydoedd. Diflannai ei nerth, ac fel roedd hi'n gwanio, diflannai ei lliw glas yn raddol hefyd. Aeth yn welwach ac yn welwach ac yn welwach.

Roedd Mo druan yn rhy fach i gael Antur Fawr ar ei phen ei hun ar Blaned Ddieithr.

5 *Mo yn y Bore*

Deffrowyd Mo gan yr Hedfanwyr. Roedd tri ohonyn nhw ar gangen o'r goeden afalau gerllaw iddi. Wydden nhw ddim fod Mo yno ac roedden nhw wrthi'n trydar ei hochr hi.

'Am sŵn od!' meddai Mo wrthi'i hun.

Doedden nhw ddim yn ei dychryn hi. Rhai bach oedden nhw a doedden nhw ddim yn ddrwg o gwbl o ystyried mai Angenfilod Daear oedden nhw.

'Wnân *nhw* mo 'mwyta i beth bynnag,' meddai hi, ond gwibiodd syniad arall ar draws ei meddwl: tybed oedd yna rai MAWR.

'Dwi'n falch nad ydw i ddim yn Anghenfil Daear!' penderfynodd a chwyrlïodd i lawr i weld a oedd golwg o Mamiwl a Dadiwl ac Odl bellach.

Doedd yna ddim, a doedd ei Chrud hi ddim yno chwaith.

'Mae Mamiwl yn *siŵr* o gael hyd imi,' cysurodd Mo ei hun. 'Ydi, mae hi. Ydi siŵr iawn.'

Gallai weld y Deudroedwyr drachefn. Roedden nhw yn eu cartref ac wrthi'n bwyta. Roedden nhw'n sglaffio bwyta byth a hefyd, ond doedd hynny'n syndod yn y byd o gofio fod ganddyn nhw gyrff mor drwm.

Chwyrlïodd Mo i lawr i gael gweld yn well. Ceisiodd fynd i mewn drwy un o'r tyllau yng nghartref y Deudroedwyr ond rhwystrid hi gan rywbeth. Gallai *weld* drwyddo, ond fedrai hi ddim mynd i mewn.

Dyna lle'r oedd hi y *tu allan* yn gwylio'r Deudroedwyr yn cael blas ar eu bwyd.

''Rhen bethau barus!' grwgnachodd Mo yn wenwynllyd.

Roedd hi ar lwgu a doedd ganddi ddim blociau bwyd.

'Mae'n siŵr y medrwn i fwyta bwyd Deu-droedwyr petawn i'n troi,' meddai hi wrthi'i hun. 'Mae'n rhaid imi! Os na wna i, mi fydda i wedi gwanio ac wedi diflannu am byth cyn i Mamiwl a Dadiwl ac Odl gael hyd imi. Y tro yma mi fydda i'n troi'n iawn.' Golygai hynny fod yn drwm ac yn soled yn union fel y Deudroedwyr.

Daliodd ei gwynt a dechrau *troi*.

Teimlai'n ofnadwy.

'Hen bethau trwm, trwsgl!' cwynodd gan symud ei phethau sefyll. Yna chwifiodd ei phethau cydio yn yr awyr. 'Hen bethau hurt bost—yn hir ac yn denau efo darnau gwingllyd ar eu pennau!'

Gwingodd y darnau gwingllyd o flaen ei hwyneb Deudroedaidd er mwyn eu gweld nhw'n iawn.

Ond roedd hyd yn oed gwingo'r darnau gwingllyd yn defnyddio llawer iawn o ynni a hithau erioed wedi arfer gwingo pethau.

Roedd llond breichiau Mam Tecs o garped.

'TECS! DRWS!' bloeddiodd.

Agorodd Tecs y drws.

Syrthiodd Mam i mewn yng nghanol cwmwl o lwch carped wrth i Dad ddod i lawr y grisiau.

'Hen garped?' holodd. 'Hen garped *arall*?'

Cododd Mam a hel y llwch oddi ar ei dillad. 'Wyt ti'n mynd i roi help llaw i mi ei symud o ai peidio?' gofynnodd.

'Fasa'n well gen i beidio,' atebodd Dad ac i mewn ag o i'r gegin.

'*Ifor*?' meddai Mam yn flin. Ifor oedd enw tad Tecs.

'O, iawn 'ta,' meddai Dad, ac allan ag o o'r gegin i helpu gan roi ei focs matsys yn ei boced. Cododd y carped yng nghanol cymylau trwchus o fwg o'i bibell.

'I ble?' gofynnodd.

'I mewn yn fan'ma,' atebodd Mam gan agor drws yr ystafell ffrynt.

Syrthiodd beic allan.

'Yn fan'na?' gofynnodd Dad, a phwyso'r carped yn erbyn y wal gan sugno'i bibell.

'Mae hi braidd yn llawn yna,' cyfaddefodd Mam, gan edrych ar y beic a'r peiriannau torri gwair, yr hen setiau teledu a'r cawell byji yng nghanol y gwelyau haearn a'r bocsys llawn dop o hen ddillad. 'Ond cadw siop ail-law ydi 'ngwaith i 'sti. Dwi'n gwerthu'r stwff yma.'

'Dros y ffordd mae'r siop,' meddai Dad. 'Ein cartre ni, lle'r ydan ni i fod i fyw ydi hwn. Pam mae'n rhaid cael cymaint o'r stwff yma yn y tŷ?'

'Wel . . .' meddai Mam gan gochi at ei chlustiau.

'Dwi'n mynd i fyny'r grisiau i weithio,' meddai Dad, ac i ffwrdd â fo yng nghanol cwmwl o fwg pibell.

'O, Tecs!' ochneidiodd Mam gan eistedd

40

ar y rowlyn carped. 'Ella fod yma ormod o stwff.'

'Oes, braidd,' meddai Tecs.

'Dwi'n fethiant llwyr fel gwraig tŷ,' cwynodd Mam.

'Nac 'dach siŵr!' cysurodd Tecs hi. 'Chi ydi'r fam orau yn y byd i gyd!'

'Ond beth wna i?' gofynnodd Mam gan chwifio'i breichiau o amgylch i ddangos yr holl stwff. 'Fydd yna ddim lle i ni yn y tŷ yma cyn bo hir!'

'Aildrefnwch o!' meddai Tecs. Dyna wnâi ei fam pan fyddai'r tŷ yn orlawn. Golygai hynny na fyddai'n rhaid iddi gael gwared o ddim byd. Byddai'n mynd â rhai pethau dros y ffordd i'r siop gan ddod â phethau eraill yn ôl. Byddai'r cyfan yn edrych yn wahanol wedi cael ei aildrefnu a theimlai hithau'n well wedyn.

'Syniad da!' meddai Mam gan ddechrau tynnu pethau allan o'r ystafell ffrynt i'r lobi.

''Dach chi'n aildrefnwraig wych, Mam,' meddai Tecs.

'Petai gen i fab caredig, mi fyddai o'n rhoi dŵr yn y tecell imi tra ydw i'n aildrefnu,' meddai Mam.

41

Aeth Tecs i'r gegin. Châi o ddim gwneud te, ond medrai roi'r tecell i ferwi er na châi o ddim rhoi'r plwg i mewn na'i dynnu allan.

Estynnodd jwg a'i lenwi â dŵr. Tywalltodd beth i'r tecell, rhoddodd y caead yn ei ôl a phwysodd y swits.

Eisteddodd i lawr i aros i'r tecell ferwi. Wedyn byddai'n galw ar Mam i ddod i wneud paned.

Edrychodd allan drwy'r ffenest. Roedd rhywun yn symud wrth ymyl y cwt sinc ym mhen draw'r ardd.

BWLIS YN YMOSOD!

Roedd y bwlis wedi bygwth dwyn ei dân gwyllt a rŵan roedden nhw wrthi!

Anghofiodd Tecs yn llwyr am y tecell. Rhuthrodd allan drwy'r drws cefn yn ei hyll i'w rhwystro nhw.

6 *Mo a'r Anghenfil*

Ffrwydrodd y Deudroediwr allan o'i gartref. Roedd Mo yn barod amdano.

Arhosodd yn ei hunfan gan ganolbwyntio hynny fedrai hi gan droi i ffurf Deudroedaidd. Gwyddai y dylai hi'n awr fod yn medru deall Deudroedwyr, yn union fel petai hi'n un ohonyn nhw. Dyna sut roedd *troi* yn gweithio. Ond doedd hi ddim yn hawdd dod i arfer â chael meddwl Deudroedaidd newydd.

Bloeddiodd y Deudroediwr arni hi.

Edrychai'n *elyniaethus*.

Ystyriodd Mo newid yn ôl, a rhoi'r gorau i feddwl am fwyd Deudroedaidd, ond roedd hi'n rhy ddewr i hynny.

'Does arna i ddim ofn hen Ddeudroedwyr hurt!' meddai hi wrthi'i hun. Roedd Dad wedi dweud eu hanes nhw i gyd wrthi hi, fel roedden nhw'n byw ar blaned hynod o hen-ffasiwn a byth wedi dysgu troi na *niwlio*. Doedd yna ddim byd i'w ofni, hyd yn oed petaech chi'n dod wyneb yn wyneb ag un *gelyniaethus*.

Yn anffodus, doedd Dadiwl ddim yma!

Rhedodd y Ddeudroediwr ati gan floeddio pethau Deudroedaidd.

'O, be wna i?' meddyliodd Mo. 'Fydda i ddim yn deall yr un gair.'

Ond roedd hi. Roedd hi'n deall beth roedd y Deudroediwr yn ei weiddi oherwydd rŵan *roedd* hi'n Ddeudroediwr.

'Cer o'ma!' gwaeddodd y Deudroediwr yn ddigywilydd. 'Dos dan draed! Gwadna hi!

43

Sgiat! Cadw dy hen ddwylo blewog yn ddigon clir o 'nhân gwyllt i!'

Camodd Mo yn ôl wedi arswydo.

'Fy ngardd i ydi hon!' bloeddiodd y Deudroediwr. 'Does gen ti ddim hawl i fod ar ei chyfyl hi! Sbïwr bwlis wyt ti, 'te? Be wyt ti isio yn fy ngardd i?'

Agorodd Mo ei cheg i ddweud yn *union* wrtho beth roedd hi'i eisiau.

'Brecwast.' Daeth y gair allan mewn llais gwichlyd er mawr syndod i Mo. Roedd hi wedi bwriadu dweud *Blociau Bwyd*, ond mae'n debyg mai'r un peth, fwy neu lai, oedd brecwast. Beth bynnag, ffrwydrodd gair brecwast allan pan agorodd hi ei . . . beth oedd o'n cael ei alw? . . . ei *cheg* . . .

'Brecwast?' meddai'r Deudroediwr yn syn.

Chwiliodd Mo yn wyllt yn ei meddwl Deudroedaidd am rywbeth arall i'w ddweud.

Roedd gan y Deudroedwyr ddigon o ddewis o eiriau.

'Ffrind?' gofynnodd gan obeithio fod y gair yn meddwl beth roedd arni hi eisiau'i ddweud.

'Ffrind pwy?' mynnodd y Ddeudroediwr. 'Ffrind y bwlis siŵr iawn! Dyna pwy wyt ti!

Wedi dod i ddwyn fy nhân gwyllt i wyt ti, 'te?'

'Ffrind . . . i . . . ti . . . ydw . . . i,' meddai Mo yn ara deg bach am fod raid iddi *feddwl* am bob gair.

Roedd hi'n meddwl bod 'Ffrind i ti ydw i,' yn beth call i'w ddweud wrth Ddeudroediwr hurt na wyddai ddim sut i *droi* ac a allai fod yn elyniaethus. Ond ar yr un pryd fe wyddai hi'n iawn na ddylai hi ddim dweud dim byd wrth unrhyw Ddeudroediwr, am nad oedd ei meddwl Deudroedaidd hi ddim wedi ei ffurfio ar gyfer sgwrsio.

'Ar ôl iti droi, dos o gwmpas yn dy rith-wisg yn edrych ar bopeth,' oedd geiriau Mamiwl. 'Paid ti â'i defnyddio hi i siarad efo Deudroedwyr os na fydd *wir* raid iti.' Y tro yma, mae hi'n *wir* raid imi, penderfynodd Mo.

Roedd y Deudroediwr yn bloeddio arni drachefn.

'*Nid* ffrind imi wyt ti! Sbïwr bwlis wyt ti. Rwyt ti'n tresmasu yn fy ngardd i. Gwadna hi o'ma'r munud yma, Twmffat, neu mi a' i i nôl Dad!'

Doedd gan Mo ddim syniad beth oedd Twmffat, ond gwyddai i sicrwydd nad oedd o'n ddim byd clên beth bynnag.

'Ffrind?' gofynnodd yn obeithiol.

'Paid â sefyll yn y fan yna'n dweud "Ffrind",' gwaeddodd y Deudroediwr. 'Dwyt ti *ddim* yn ffrind i mi. Dydw i ddim isio sbïwr i'r bwlis yn fy ngardd i!'

'Sbïwr? Bwlis?' holodd Mo wedi drysu'n lân.

'Crad a Llew a Gron,' meddai'r Deudroediwr. 'Nhw sydd wedi dy yrru di yma yn sbïwr i 'ngardd i, 'te? Maen nhw eisio difetha 'nghoelcerth i a dwyn fy nhân gwyllt i. Nhw sydd wedi dy yrru di yma'n sbïwr i weld ble mae popeth cyn iddyn nhw ymosod 'te? Mi'th fala i di'n rhacs jibidêrs! Mi'th ddyrna i di'n ddarnau a gyrru'r briwsion yn ôl iddyn nhw!'

'*Paid*,' crefodd Mo fel roedd y Deudroediwr yn ymosod arni.

'Mi wna i'n union fel rydw i isio yn FY NGARDD FY HUN!' gwaeddodd y Deudroediwr. 'Rwyt ti a dy griw â'ch cyllyll ynof fi *o hyd*, yn gwawdio ac yn fy ngalw i'n Tecs Sbecs, dim ond am 'mod i'n llai na chi. Dwed di wrth y Crad yna nad ydi affliw o ots gen i os ydi o'n fwy na fi. Mi dynna i fy sbecs ac wedyn mi ddyrna i o!'

'Ffrind?' gofynnodd Mo druan yn obeithiol.

46

'Beth sy'n bod arnat ti?' arthiodd y Deu-droediwr. 'Wyt ti'n hurt bost neu rywbeth?'

Agorodd Mo ei cheg i ateb, ond roedd yna ormod o syniadau i'w hymennydd Deu-droedaidd newydd ymgodymu â nhw. Fedrai hi egluro i'r Deudroediwr ynglŷn â Mamiwl a Dadiwl ac Odl a'r llong ofod a cholli ei Chrud a bod ar lwgu a bod yn rhaid iddi fwyta rhywbeth rhag iddi ddiflannu'n llwyr? Pe dywedai wrtho, fyddai o'n ei chredu hi?

'Dw . . . dw . . . dw i . . . ' dechreuodd. Yna, stopiodd.

'*Fedra i ddim*', penderfynodd yn sydyn. 'Mae'n ormod o ymdrech. *Fedra i ddim dweud dim byd wrtho fo!*'

'Tecs! T-E-C-S!'

Daeth y llais o'r tu mewn i gartref y Ddeudroediwr.

Trodd y Ddeudroediwr ei ben draw oddi wrth Mo.

'Ydi'r tecell wedi berwi bellach, Tecs?'

'O!' meddai Tecs. ''Ddrwg gen i, Mam! Mi anghofiais i bopeth amdano fo! Dwi'n dŵad rŵan!' Symudodd i gyfeiriad y tŷ, ond newidiodd ei feddwl a throi'n ôl . . .

. . . i ganol cwmwl o niwl glas, ac ynddo

tybiai iddo weld am eiliad ffurf annelwig sbïwr y bwlis.

'*Waw*!' meddai Tecs.

Daeth sgrech o'r tŷ ac agorwyd y drws cefn.

'FY NGHEGIN I! FY NGHEGIN I!'

Chwyrlïai cymylau o ager o amgylch Mam Tecs wrth iddi sefyll yn y drws.

'Tecs! Mi anghofiaist ti'r tecell! Tecs! Ty'd yma'r munud yma!'

'Y . . . y . . .' meddai Tecs gan ddal ati i geisio ymgodymu â'r sbïwr bwlis yn diflannu mewn niwl glas, yn ogystal â thecellau'n berwi. Roedd y cyfan yn ormod iddo ddygymod ag o ar unwaith.

'YDI'R TŶ AR DÂN?' gwaeddodd Dad o'r llofft.

'NAC YDI!' sgrechiodd Mam yn ôl.

'DA IAWN!' bloeddiodd Dad gan ddod i lawr y grisiau.

'Ond 'drycha ar y lle 'ma!' meddai Mam. 'Mae pobman yn wlyb domen. Ager ar bopeth. Tecs! Ty'd yma, Tecs, AR UN-WAITH!'

''Ddrwg gen i, Mam,' ymddiheurodd Tecs.

'Siawns am baned o goffi?' gofynnodd Dad.

'Gwna *di* un!' atebodd Mam. 'Rydw i wedi ymddiswyddo.'

Synhwyrodd Dad sut roedd pethau.

'Fe wna i baned,' meddai gan agor y ffenest i adael i'r ager fynd allan i'r ardd.

'Iawn,' meddai Mam yn sych.

'Dim ond iti beidio ag ymddiswyddo.'

'Fe ystyria i'n ddifrifol,' meddai Mam a diflannodd yn ôl i ganol llanast yr holl stwff yn y lobi.

'Beth sy'n bod arnat ti, Tecs?' gofynnodd Dad.

Safai Tecs wrth ddrws y gegin. Edrychai'n welw iawn.

'Dad,' meddai. 'Dad, dydi pobl ddim yn diflannu, nac ydyn? Fedran nhw ddim . . . cilio o'r golwg, na fedran?'

'Bodau dynol soled, na fedran,' atebodd Dad. 'Ella yr hoffet ti roi cynnig arni ar ôl gwneud llanast fel hyn, ond awn i ddim i'r drafferth petawn i'n ti. Wnaiff dy fam ddim dy larpio di 'sti. Wna i ddim gadael iddi. Iawn?'

'Mae ysbrydion yn diflannu,' meddai Tecs. 'Yn tydyn?'

'Dydyn nhw ddim yn bod.'

'Dwi'n meddwl 'mod i wedi *gweld* ysbryd.'

'Peth meddal ydi meddwl,' meddai Dad. 'Ti'n siŵr nad ager o'r tecell yna oedd o? Neu wyt ti'n trio troi'r stori?'

'Nac ydw, Dad. Wir yr. Mi welais i un. Mae'n rhaid mai dyna oedd o. Mi ddiflannodd.'

'Fel 'na?'

'Ie,' meddai Tecs. 'Fel 'na! Phttt! Ac roedd o wedi diflannu.'

'Profa'r peth ac mi fyddi di'n enwog,' meddai Dad. 'Tecs y Daliwr Ysbrydion!'

'Daliwr Ysbrydion?' meddai Tecs. 'Faswn i'n enwog? 'Run fath â chi, Dad?' Roedd tad Tecs *yn* enwog. Roedd o'n ysgrifennu llyfrau ac roedd o wedi bod ar y teledu.

'Dydw i ddim yn enwog,' meddai Dad. 'Dim ond i'm ffrindiau.' Hoffai Tecs y syniad o fod yn enwog, yn *arbennig* i'w ffrindiau. Ei ffrindiau o oedd ei fam a'i dad, Huw a Mam Huw a Huw Fawr a'r Polyn Lein.

Wrth gofio am y Polyn Lein, cafodd syniad. Fe fedrai *hi* ei roi ar ben y ffordd i gael syniadau sut i ddal ysbrydion, ac wedyn fe fedrai o ddod yn ôl i chwilio o gwmpas yr ardd.

I ffwrdd â fo i weld y Polyn Lein.

'Helô, Tecs,' meddai'r Polyn Lein. 'Ddoist ti i'r llyfrgell ar dy ben dy hun heddiw?'

'Do. Dwi'n cael dod fy hun ond fiw imi groesi ffyrdd na siarad efo heb dieithr na mynd i mewn i gar dieithr ac mae'n rhaid imi fynd adref ar f'union a gofalu cau 'nghareiau.'

'Ew! Rwyt ti'n hogyn mawr,' meddai'r Polyn Lein. Hi oedd y llyfrgellydd talaf yn y byd. '*Y di hi'n oer i fyny'n fan'na?*' gofynnai Gron bwli a'r lleill y tu ôl i'w chefn. Roedd clywed pethau felly'n brifo teimladau'r Polyn Lein, ond fyddai Tecs byth yn dweud dim byd tebyg. Roedd o a'i fam yn ffrindiau mawr efo hi.

'Ydi Huw-drws-nesa yn dod i weld dy goelcerth di heno?' gofynnodd y Polyn Lein.

'Ydi mae'n siŵr,' atebodd Tecs. 'Ond dim ond drwy'r ffenest. Dad sy'n tanio'r tân gwyllt ac mae Huw yn rhy fach i ddod ar eu cyfyl nhw.'

'Call iawn,' meddai'r Polyn Lein.

'Wedi dod i chwilio am lyfr ar ysbrydion ydw i,' eglurodd Tecs yn bwysig. Go brin fod y Polyn Lein wedi dod ar draws Daliwr

Ysbrydion cyn hyn, ac roedd arno eisiau iddi wybod ei fod o'n un ohonyn nhw.

'Beth am *Ysbryd Plas Nant Esgob*?' awgrymodd y Polyn Lein.

'Dwi 'di 'i ddarllen o,' atebodd Tecs. 'Llyfr am ysbrydion go-iawn dwi isio.'

Edrychodd y Polyn Lein yn syn.

'Ysbrydion go-iawn?' gofynnodd.

'Dwi isio dal ysbryd!' eglurodd Tecs. 'Dyna pam mae arna i isio gwybodaeth am ysbrydion. Mi fydda i'n gwybod sut i fynd o'i chwmpas hi wedyn.'

'Sawl ysbryd wyt ti isio'i ddal, Tecs?' gofynnodd y Polyn Lein.

'Dim ond un,' meddai Tecs. 'Yr un yn ein gardd ni.'

'Oes yna un yn eich gardd chi?'

'Oes.'

'Ac 'rwyt ti eisiau llyfr ar ddal ysbrydion er mwyn iti gael ei ddal o?'

'Ddim yn bwnc addas i blentyn yn fy marn i,' meddai llais sych.

Y Peg oedd yno. Hi oedd pennaeth y llyfrgell a gelyn pennaf y Polyn Lein. Un fechan writgoch oedd hi, fel tomato wedi crebachu.

'Afiach!' wfftiodd y Peg.

'Tipyn o *sbort*, dyna i gyd,' meddai'r

Polyn Lein o dan ei ddannedd, ond clywodd Tecs bob gair.

'*Nage!*' meddai. '*Mae* yna ysbryd yn ein gardd ni, a rydw i'n mynd i'w ddal o.'

'Hollol afiach,' meddai'r Peg. 'Mae arna i ofn nad oes yna ddim byd addas o gwbl yn yr Adran Blant.'

'Beth am Adran yr Oedolion?' gofynnodd Tecs.

'Ni chaniateir i blant ymgynghori â llyfrau yn Adran yr Oedolion heb ganiatâd rhiant neu warchodwr,' atebodd y Peg gan droi ar ei sawdl a martsio oddi yno.

'Paid â rhoi dy dafod allan fel 'na Tecs,' meddai'r Polyn Lein. 'Mae'n ddigywilydd iawn.'

'Dwi'n *teimlo'n ddigywilydd* iawn,' meddai Tecs. 'Hen gnawes ydi hi'n gwrthod gadael imi weld llyfrau am ysbrydion.'

'Waeth iti un gair mwy na chant, chei di ddim.'

'Nid ei llyfrgell *hi* ydi hi!' meddai Tecs. 'Mae gen i docyn. Fe ddyliwn i gael gweld llyfrau.'

'Hen dro,' meddai'r Polyn Lein. 'Petawn i'n mynd i adael iti gael llyfr ar ddal ysbrydion fe fyddwn i wedi cael hyd i ryw-

54

beth ac wedi ei roi o ar y bwrdd yn y pen draw un lle na fedr neb o'r ddesg ei weld o gan fod y silffoedd llyfrau ar y ffordd. Ond rŵan fedra i ddim, na fedraf?'

'O!' meddai Tecs.

Rhoddodd y Polyn Lein winc fawr arno.

'Diolch yn fawr, fawr,' sibrydodd Tecs rhag i'r Peg ei glywed.

Ar ôl yr holl strach, doedd y llyfrau'n dda i affliw o ddim.

Teitl un oedd *Ysbrydion ym Mhrydain* ac roedd o'n llawn o sôn am bobl a lofruddiwyd ond dim gair am sut i ddal ysbryd roedd rhywun yn credu ei fod yn un o'r bwlis, nes iddo ddiflannu dan eich trwyn. Roedd yno hefyd un o'r enw *Ysbrydion y Coedwigoedd*, ond doedd hwnnw'n dda i ddim chwaith oherwydd doedd dim coedwig ar gyfyl Stryd y Plas. Roedd yno ddau lyfr arall ond roedd eu print nhw'n llawer rhy fân.

'Mi fydd yn rhaid imi ei ddal o ar fy mhen fy hun, heb unrhyw help!' penderfynodd Tecs.

Gofynnodd i'r Polyn Lein am fenthyg darn o bapur ac ysgrifennodd restr.

PETHAU FYDDA I EU HANGEN I DDAL YR YSBRYD

1 llyfr sgrifennu
1 bensel
1 fflachlamp
1 camera
1 ffilm (i'w rhoi yn y camera)
1 paced o fisgedi
1 botel FAWR o Coca Cola
1 tâp mesur
2 oren
1 anorac
1 chwiban
1 bag plastig

Dangosodd y rhestr i'r Polyn Lein.

'Pam wyt ti isio bag plastig?'

'I gario popeth arall.'

'O, dwi'n gweld! Ond dydw i ddim yn meddwl fod yn rhaid iti gael y Coca Cola. Wyt ti?'

'Mae'n rhaid imi gael rhywbeth i'w yfed a'i fwyta pan fydda i'n cadw gwyliadwriaeth yn yr ardd gefn nos. Bydd arna i ei angen o a'r bisgedi.'

'Beth wyt ti'n mynd i'w wneud efo'r ddau oren?'

'Eu bwyta nhw ar ôl imi orffen y Coca Cola,' meddai Tecs gan feddwl bod y Polyn Lein yn hollol hurt ar brydiau.

'Hwyl iti!' meddai hi.

I ffwrdd â Tecs adref, ond aeth o ddim yn bell iawn oherwydd pwy oedd yn dod i fyny Stryd y Farchnad ond Crad a Llew a Gron, pob un â'i Guto Ffowc wrthi'n casglu arian i brynu tân gwyllt.

'Tecs Sbecs!'

'Ll'gada sgŵar!'

'Winc chwinc, winc binc!'

'Siop Ail-law, rhad fel baw!'

'Tecs Sbecs mynd fel slecs!'

Dilynodd y gweiddi gwawdlyd Tecs bob cam i lawr y ffordd.

Roedd Tecs o'i go'n las ond fedrai o wneud affliw o ddim i rwystro'r bwlis. Doedd dim rhaid i neb *wneud* dim byd i wneud iddyn nhw wawdio a galw enwau. Ffordd o fyw oedd hynny iddyn nhw.

'Fetia i eu bod nhw'n fy nilyn i!' Ymdrechodd Tecs i gerdded yn ei flaen cyn gyflymed fyth ag y medrai heb gymryd arno'i fod yn malio'r un botwm corn.

Ond doedd dim rhaid iddo bryderu. Doedd y bwlis ddim yn ei ddilyn o. Roedden nhw wedi darganfod rhywbeth arall mwy diddorol o'r hanner i floeddio arno a'i wawdio.

8   Y Drychiolaeth ar y Llwybr

Arweiniai tri o bobl efo wynebau glas llachar orymdaith i fyny Stryd y Farchnad.

'Ffyliaid! Crancod!' gwaeddodd y bwlis nerth esgyrn eu pennau, pob un yn gwthio'i Guto Ffowc ar ôl y bobl. Sbonciai'r cyrff yn llipa yn eu pramiau wrth i'r bwlis stwffio i ganol y dorf.

'Cystadleuaeth Gwisg Ffansi i rai twp!' bloeddiodd Crad. 'Hurt bost!'

'Be 'di Gwisg Ffansi, Dadiwl?' sibrydodd Odl yn boenus. Llifai'r Niwliaid i fyny'r stryd, ond ni sylweddolodd neb mai llifo'r oedden nhw oherwydd bod eu traed bron â chyffwrdd y ddaear. Bron iawn, ond ddim yn hollol chwaith.

'Rhywbeth i'w wneud efo'r rhith-wisg-oedd yma ddewisodd dy dad,' atebodd Mamiwl yn bigog. Poenai'n fawr am Mo druan. Teimlai'n swp sâl a doedd criw o Ddeudroedwyr hurt yn eu dilyn i lawr y

stryd gan alw enwau'n ddim cysur o gwbl.

'Nid y rhith-wisgoedd sydd ar fai,' mynnodd Dadiwl. 'Maen nhw'n iawn. Fe ddaethon nhw i gyd allan o'r pacedi cywir.'

Rhuthrodd Anghenfil Daear bychan â phedair coes a darn hir yn ymestyn o'i gefn heibio iddyn nhw gan wneud y synau rhyfeddaf. Neidiodd ar Mamiwl a symudodd hithau o'i ffordd cyn gyflymed fyth ag y gallai.

'Dadiwl?' meddai Odl.

'Taw, Odl,' meddai Dadiwl.

'Maen nhw'n ein dilyn ni, Dadiwl,' meddai Odl. 'Mae'r Deudroedwyr yn syllu arnon ni. Maen nhw'n galw enwau arnon ni.'

'Paid â chymryd sylw ohonyn nhw, Odl,' sibrydodd Dadiwl. 'A phaid â siglo dy goesau fel yna! Does ryfedd fod pobl yn rhythu arnat ti.'

'Ar y *coesau* 'ma mae'r bai.'

'Rydan ni i gyd yn gorfod dygymod â nhw, Odl,' meddai Mamiwl gan feddwl am y canfed tro beth bynnag sut tybed roedd Mo fach yn llwyddo i ymgodymu â phethau Daear, heb neb i'w helpu a neb i siarad â hi.

'Ffyliaid! Crancod!' bloeddiodd y bwlis a

bu bron i Mamiwl gael ei tharo i lawr gan bram Guto Ffowc.

'Powdr golchi!' meddai rhyw wraig. 'Gwneud hysbyseb powdr golchi maen nhw.'

'S4C?' gofynnodd rhywun arall.

'BBC neu HTV neu beth?' gofynnodd y wraig gyntaf, yn benderfynol o gael ateb gan y bobl las ryfedd.

'Ym . . . ym.' Edrychodd Dadiwl o'i gwmpas yn wyllt.

'BETH ydi o,' meddai Odl yn gyflym gan neidio i'r adwy i achub Dadiwl. Doedd ganddo fo ddim syniad o ystyr 'Beth', ond gwyddai fod yn rhaid iddo ddweud rhyw-beth. Swniai BETH yn fwy diddorol na S4C neu BBC neu HTV.

'Beth?' gofynnodd y wraig. 'Be 'di Beth?'

'*Beth,*' meddai Odl yn obeithiol.

'Digywilydd fel pen rhaw!' meddai'r wraig gan gamu tuag at Odl.

'Rhowch beltan iddo fo, Musus!' gwaedd-odd y bwlis. 'Dyrnwch o! Gwasgwch o'n sitrwns!'

Ond dyna chwa yn chwyrlïo a *diflannodd* sêr y sgrin i ebargofiant.

'Waw!' sibrydodd y bwlis wedi'u syfr-danu. 'WAW!'

'Wel 'tawn i'n glem!' ebychodd y wraig. 'Help! Help! Mae'n rhaid 'mod i'n drysu! Dwi'n dechrau gweld pethau!'

Ond doedd yno affliw o ddim i'w weld bellach heblaw cyrlen ddiog o niwl tenau glas yn llifo i lawr y stryd lle bu'r Niwliaid ... hynny yw ble *gwelwyd* y Niwliaid. Oherwydd roedd y Niwliaid yno o hyd, ond doedd neb yn eu hadnabod yn eu ffurf Niwlaidd.

'O! Ble mae Mo?' gofynnodd Mamiwl. 'Dyna'r cyfan ydw i isio'i wybod ydi ble mae fy Mo fach i, druan, wedi mynd?'

Dihangodd y tri Niwlyn yn ôl i'r parc a chael hyd i lecyn bach distaw wrth ymyl y llwybr ar lan yr afon.

'Mae'n rhaid inni gael hyd i Mo!' mynnodd Mamiwl.

'Cael a chael oedd hynna,' meddai Dadiwl. 'Dydan ni ddim eisio strach fel yna eto. Chawn ni byth hyd i Mo efo criw fel yna'n dynn ar ein sodlau.'

'Roeddech chi'n dweud y byddai rhith-wisg yn ein cadw ni'n ddiogel,' meddai Odl. 'Fyddai Deudroedwyr byth yn sylwi ein bod ni'n wahanol, meddech chi.'

'Mae'n rhaid nad oedd ein rhai ni ddim yn iawn,' meddai Mamiwl.

'Beth?' meddai Dadiwl. 'Ond 'dan ni'n edrych yn union fel y Deudroedwyr, yn tydan? Roedd ganddyn nhw freichiau, y Deudroedwyr yna, a choesau a breichiau.'

'Roedd tri ohonyn nhw ar olwynion,' meddai Mamiwl. Roedd hi wedi sylwi ar y tri Guto Ffowc ond fedrai hi yn ei byw ddirnad beth oedden nhw. 'Dydw i ddim yn meddwl eu bod nhw'n rhai iawn chwaith.'

'Roedden nhw'n edrych yn berffaith iawn i mi,' meddai Odl. 'Pam y byddai neb yn gwneud rhai ffug? Mae'r rhai iawn yn ddigon hyll fel maen nhw.'

'Wn i ddim, a does dim ots gen i chwaith,' meddai Mamiwl. 'Yr unig beth sy'n fy mhoeni i ydi Mo a cheisio dod o hyd iddi tra 'dan ni'n gwisgo'r hen rith-wisgoedd felltith yma.'

'Ella nad ydan ni ddim yn eu defnyddio nhw'n iawn,' awgrymodd Dadiwl. 'Traed ... dwylo ... coesau ... trwsgwl ydyn nhw'n tê? Wn i ddim sut mae'r Ddeudroedwyr yma'n llwyddo i symud o gwmpas yn yr hen bethau clogyrnaidd yma drwy gydol y dydd.'

'*Cyrff* mae'r Ddeudroedwyr yn eu galw nhw, Dadiwl,' meddai Odl. 'Fedran nhw ddim newid allan ohonyn nhw. Mae'n rhaid iddyn nhw eu gwisgo nhw drwy gydol yr amser.'

'Dydi eu hymennydd nhw ddim yn ddrwg o gwbl,' meddai Dadiwl. 'Dydyn nhw ddim mor hurt ag roeddwn i'n meddwl.'

'Roedden nhw'n ddigon peniog i sylwi arnon ni,' cwynodd Mamiwl. 'Os ydi'r *cyrff*, y coesau a'r pennau a'r pethau eraill yn iawn . . . yna mae'n *rhaid* mai'r pethau ar y cyrff sydd o'u lle.'

'Y *dillad*?' gofynnodd Dadiwl.

'Gwisg ffansi!' meddai Mamiwl. 'Dyna beth ddywedodd un ohonyn nhw. Roedden nhw'n meddwl mai Gwisg Ffansi oedd gynnon ni. Mae "Gwisg" yn golygu dillad, yn tydi?'

'Edrychwch arnyn nhw 'ta,' meddai Dad. Ac yno, ar lwybr glan yr afon crynodd rhan o'r niwl glas a newid i fod yn ddillad Deudroedaidd.

Trowsus a chrys, siaced a siwmper oedd dillad Dadiwl. Gwisgai Mamiwl ffrog a chôt a het. Roedd dillad Odl yr un fath yn union â rhai'i dad, ond eu bod nhw'n llai.

Safodd y dillad ar y llwybr heb neb yn eu

gwisgo, gan chwyrlïo rhyw uchder ffêr uwchben y ddaear. Roedd thri phâr o esgidiau'n daclus oddi tanynt a sanau'n dawnsio rhyngddynt.

Llifodd Mamiwl a Dadiwl ac Odl o amgylch y dillad gan geisio dirnad beth tybed oedd o'i le efo nhw.

Ond y munud hwnnw pwy ddaeth ar hyd y llwybr ond Twm Drwm. Roedd o wedi codi'n hwyr a rŵan roedd o ar ei ffordd i'r dafarn am ei beint. Gwelodd bobl ryw ugain metr o'i flaen ar y llwybr.

'Helô!' cyfarchodd Twm nhw'n glên i gyd, ac roedd o ar fin dweud wrthyn nhw fod y gwynt yn ddigon main pan sylwodd nad oedd y bobl yn *bobl*.

Dim pennau.

Dim dwylo.

Dim ond dillad oedd yn sefyllian yno, dillad ddylai fod â phobl i mewn ynddyn nhw, ond doedd yna ddim.

Y peth gwaethaf o'r cwbl oedd y sanau llipa yn hongian uwchben yr esgidiau gwag.

Roedd rhyw niwl glas hollol annaearol yn llusgo o'u cwmpas, yn chwyrlïo i mewn ac allan ble dylai'r dwylo a'r pennau a'r traed fod.

'Waaaaaa!' sgrechiodd Twm gan sgrialu ar hyd y llwybr wedi llwyr anghofio am y dafarn a'i beint.

Chwyrlïodd rhyw chwa a diflannodd y dillad-gwag-sefyll.

'Ti'n gweld?' meddai Mamiwl. 'Y dillad sydd ar fai. Fe ddychrynwyd y Deudroediwr gan y dillad yna, felly mae'n rhaid mai'r dillad ydi'r drwg.'

'Dwi'n meddwl 'i bod yn well inni fynd,' meddai Dadiwl. 'Rhag ofn i'r Deudroediwr ddod yn ôl. Mae'n rhaid inni gael hyd i rywle diogel i guddio nes byddwn ni wedi penderfynu beth i'w wneud nesa.' Ac arweiniodd Mamiwl ac Odl i guddio o dan y bont dros yr afon. Arhosodd y Niwliaid yno yn y tywyllwch gan hofran rhyw hanner metr uwchben wyneb y dŵr.

'Dyma'r unig ddillad sy gynnon ni,' meddai Dadiwl.

'Poeni am Mo druan ydw i,' meddai Mamiwl. 'Os nad ydi'n dillad ni'n iawn, dydi ei rhai *hi* ddim yn iawn chwaith. Doeddet ti ddim wedi meddwl am hynny, nac oeddet? Mae'n rhaid inni ddod o hyd iddi'n sydyn cyn i rywbeth ofnadwy ddigwydd.'

'Mamiwl,' meddai Odl.

'Ie, Odl?'

'Dwi isio bwyd, Mamiwl.'

'Ac isio fydd raid iti, Odl,' atebodd Mam. 'Mae'n blociau bwyd ni i gyd yn y llong ofod. Doedden ni ddim yn bwriadu aros pan ddaethon ni i lawr.'

'Mi fedrwn ni fwyta bwyd Daear os bydd raid inni,' meddai Dadiwl heb ryw lawer o awydd.

'Sut beth ydi bwyd Daear?' gofynnodd Odl.

'Dwi'n siŵr ei fod o'n flasus tu hwnt, yn tydi Dadiwl?' meddai Mamiwl.

Ddywedodd Dadiwl yr un gair o'i ben. Roedd o wedi sylwi ar fwyd Daear mewn caffi pan oedden nhw'n symud i lawr y Stryd Fawr. Doedd arno fo fawr o'i awydd o.

'Mamiwl?' meddai Odl. 'Mamiwl, fe gawn ni hyd i Mo, cawn?'

'Cawn siŵr iawn,' atebodd Mamiwl gan geisio'i gorau glas i swnio'n ffyddiog.

'Mae'n rhaid inni gael hyd i ddillad newydd i ddechrau,' meddai Dadiwl. 'Fedrwn ni ddim gwisgo'r rhain eto, na fedrwn?'

'Mi wn i ble cawn ni ddillad newydd!' meddai Mamiwl gan chwyrlïo allan o gysgod y bont. 'Ac mi wyddost tithau hefyd.'

'Ym mhle?' gofynnodd Dadiwl.

'Dowch 'laen,' meddai Mamiwl. 'Mi ddangosa i ichi! Dilynwch fi!'

9 *Y Lleidr Lludw*

Arhosodd Tecs wrth geg y lôn gefn gul i gael cipolwg dros ei ysgwydd.

Diolch byth!

Dim golwg o'r bwlis drwy drugaredd. Roedd gan Tecs ddigon o blwc, chwarae teg iddo. Roedd o'n ddigon dewr i fynd i'r afael ag unrhyw un o'r bwlis fesul un er eu bod nhw i gyd yn fwy na fo a'r un ohonyn nhw'n gwisgo sbectol. Ond fedrai o ddim delio â thri ohonyn nhw a gofalai'r tri gadw'n glòs at ei gilydd bob amser.

'Mae'n rhaid eu bod nhw wedi mynd i biwsio rhywun arall,' penderfynodd Tecs a cherddodd ar hyd y lôn tuag at giât gefn Rhif 73.

Roedd rhywun yn cuddio yno!

Gwyddai hynny ar unwaith.

Roedd rhes o finiau lludw wrth ymyl y giât gefn ac roedd rhywun wedi sleifio y tu cefn iddyn nhw.

Pwy?

Nid un o'r bwlis, penderfynodd Tecs, oherwydd fedren nhw ddim bod wedi cyrraedd yno o'i flaen.

'*Huw*?' galwodd Tecs yn ddistaw.

Dim ateb er bod Tecs yn meddwl ei fod o'n clywed rhywbeth yn stwyrian ymysg y biniau.

'LLEIDR LLUDW!' meddyliodd Tecs gan stopio'n stond.

Roedd rheolau mam Tecs ar fynd i'r llyfr-gell yn bendant iawn ac yn cynnwys peidio â siarad â dieithriaid, ac yn sicr ddigon fe fydden nhw wedi cynnwys peidio â siarad â Lladron Lludw petai hynny wedi croesi ei meddwl.

'Dydw i ddim am ddianc, ond dydw i ddim am fynd un cam yn nes chwaith!' pender-fynodd Tecs. Camodd yn ôl fel y byddai'n hawdd iddo ddianc am ei fywyd petai Lleidr Lludw mawr dychrynllyd â chlogyn du a dannedd miniog yn neidio allan i ymosod arno o'r tu cefn i'r biniau.

'Pwy sy' na?' galwodd.

Dim ateb.

71

'Dwi'n gwybod fod 'na rywun yna. Does arna i ddim ofn. Dowch allan! Peidiwch â cheisio cuddio!'

Daeth pen i'r golwg dros ymyl y bin nesaf ato.

Ond nid Lleidr Lludw oedd o. Nid Huw oedd o chwaith. Geneth oedd hi.

Yr YSBRYD!

Roedd Mo yn welw iawn. Roedd y lliw glas i gyd bron iawn â diflannu ohoni, ac yn sicr edrychai'n ddigon gwelw i fod yn ysbryd, ond ar yr un pryd edrychai'n ddigon soled.

'Roedd hi'n edrych yn soled y tro diwethaf, cyn iddi ddiflannu,' meddyliodd Tecs. Cadwodd yn ddigon clir oddi wrthi. Roedd sôn yn y llyfrgell am ddal ysbrydion yn beth hollol wahanol i ddod wyneb-yn-wyneb ag ysbryd yn y lôn gefn.

'Be wyt ti'n 'i wneud yn fan'ma?' gofyn-nodd Tecs yn ddewr.

Roedd golwg wedi dychryn ar yr eneth, ond ddywedodd hi'r un gair o'i phen. Safai yno'n syllu arno.

Un ffordd oedd yna o wybod oedd hi'n ysbryd ai peidio. Aeth Tecs ati a rhoi ei law allan i *gyffwrdd* â hi.

Roedd hi'n hollol soled.

Dydi ysbrydion ddim yn soled.

Felly, nid ysbryd oedd hi.

Dechreuodd ddweud

'Dwyt ti ddim yn y . . .' yna stopiodd. *Nid ysbryd oedd hi, siŵr iawn.* Byddai'n chwerthin am ei ben petai'n dweud hynny.

'*Ond beth am y diflannu?*' meddai Tecs wrtho'i hun. Safodd yno'n fud heb wybod beth i'w ddweud. Beth rydach chi'n ddweud wrth rywun rydach chi'n meddwl mai ysbryd ydyw ond rydach chi'n sylweddoli nad dyna ydyw?

'Ffrind?' gofynnodd Mo yn obeithiol.

'Pwy wyt ti?' holodd Tecs.

'Mo,' atebodd Mo ac wrth glywed sŵn ei llais ei hun daeth lwmp mawr i'w gwddw.

'Paid â chrio,' meddai Tecs. 'Paid â chrio. Ty'd rŵan. Sycha dy lygaid a chwytha dy drwyn.'

Roedd o'n cynnig rhywbeth iddi. Wyddai Mo ddim mai hances oedd hi. Doedd ganddi hi ddim syniad beth oedd hi na beth i'w wneud â hi. Heb wybod pam roedd hi'n gwneud hynny daliodd ei llaw . . . *llaw*! allan a gafaelodd yn y peth.

Yna chwythodd ei . . . *thrwyn* . . . efo fo.

Dychrynodd pan glywodd y sŵn. Doedd

hi erioed wedi clywed sŵn tebyg yn ei bywyd.

'Fedri di ddim hyd yn oed chwythu dy drwyn yn iawn?' gofynnodd Tecs yn goeglyd. 'Wyt ti ar goll neu rywbeth? Dyna pam rwyt ti'n crio?'

Nodiodd Mo.

'Wedi colli dy fam?' gofynnodd Tecs.

'Mamiwl a Dadiwl,' atebodd Mo. 'A 'mrawd.'

Teimlai Mo yn daglyd iawn, ond roedd hi'n falch o gael siarad â rhywun o'r diwedd, hyd yn oed os mai Deudroediwr oedd o.

'Be wyt ti'n ei wneud wrth fy ngardd i?' gofynnodd Tecs yn amheus. 'Does bosib dy fod wedi colli dy fam a dy dad yn fy ngardd i.'

Ddywedodd Mo'r un gair ond gwnaeth ei meddwl Deudroedaidd newydd iddi godi'i hysgwyddau.

Roedd hi'n dysgu llawer o eiriau newydd: llaw, trwyn, ysgwyddau, crio.

'Be 'tisio?' gofynnodd Tecs. 'Wyt ti isio i mi dy helpu di?' Wedi sylweddoli nad ysbryd oedd hi, roedd o'n dechrau poeni am y crio. Doedd o ddim eisiau cael ei gyhuddo o wneud i bobl grio, oherwydd golygai hynny helynt bob amser.

'Bwyd,' meddai Mo yn wantan.

'Bwyd?' gofynnodd Tecs, ac yna cafodd syniad gwych. Y syniad oedd hudo'r eneth i'w dŷ at Mam a Dad. Fe fydden nhw'n gwybod beth i'w wneud â phobl ryfedd oedd yn crwydro o gwmpas y biniau yn y lôn gefn ac yn crio.

'Ty'd 'laen,' meddai ac fe aethon nhw drwy'r giât gefn a thrwy'r ardd ac i mewn i'r gegin.

'Mam?' galwodd Tecs gan gadw'n glòs at yr eneth rhag ofn iddi ddiflannu drachefn. Doedd o byth wedi deall sut y gwnaeth hi hynny ond nid y funud honno oedd yr amser i boeni am hynny.

'Mae'n rhaid fod Mam yn y siop dros y ffordd,' eglurodd wrth Mo. 'Mae gynnon ni Siop Ail-law ac mae Mam yn gwerthu hen ddillad a dodrefn a phethau felly yno. Dyna pam mae'r holl stwff yma.'

Ddywedodd yr eneth yr un gair. Roedd y lobi'n llawn a phethau dan draed ym mhob man ond doedd hi ddim fel petai'n gweld dim byd o'i le yn hynny.

'Mi a' i i nôl Dad,' meddai Tecs. 'Aros di'n fan'na. Paid â symud!'

Aeth i fyny'r grisiau i nôl Dad, ond roedd
yr arwydd ar ddrws Dad.

Doedd fiw i Tecs fentro ar gyfyl ystafell
Dad pan fyddai'r benglog a'r esgyrn croes-
ion yn cyhwfan.

I lawr y grisiau â Tecs drachefn. Doedd yr
eneth ddim wedi diflannu. Roedd hi yno o
hyd, yn edrych yn wantan ac yn welw.

'Bwyd?' gofynnodd.

'Iawn,' meddai Tecs. 'Mewn dau chwinc!'

Roedd Tecs yn meddwl ei fod o'n dipyn o
giamstar ar wneud bwyd.

Yn y cyfamser yng nghefn tŷ'r bwlis roedd
pethau rhyfedd iawn yn digwydd.

77

Cerddai tri Guto Ffowc o amgylch yr ardd gan sgwrsio â'i gilydd.

'Del iawn,' meddai Mamiwl gan edmygu trowsus newydd Dadiwl, sef hen rai Twm Drwm.

'Dwi'n hoffi dy het di!' meddai Dadiwl wrth Mamiwl. Het las oedd hi a Gron wedi ei bachu hi oddi ar gefn y drws. Het mynd-i-bingo ei fam oedd hi. Doedd hi ddim yn rhyw ffasiynol iawn, ond wyddai Mamiwl mo hynny.

'Mae'r gôt yma'n rhy llaes!' cwynodd Odl gan faglu ar draws ei draed ei hun. Côt Yncl Harri'r bwlis oedd hi a doedd o ddim wedi gweld ei cholli hi o du cefn i ddrws sied ei ardd.

'Ardderchog!' meddai Dadiwl. 'Mi fydd y rhain yn wych!'

'Beth amdanyn *nhw*?' gofynnodd Odl gan edrych ar yr hyn oedd ar ôl o dri Guto Ffowc y bwlis.

'Rhai ffug ydyn nhw, nid rhai go-iawn,' atebodd Mamiwl. 'Does dim rhaid inni boeni amdanyn nhw. Dydi o ddim 'run fath â chymryd dillad oddi ar Ddeudroediwr iawn.'

'Dwyn ydi o'r un fath yn union,' meddai Dadiwl.

'Wyt ti eisiau cael hyd i Mo neu wyt ti ddim?' gofynnodd Mamiwl yn biwis.

'Wel ydw siŵr iawn,' meddai Dadiwl, 'ond . . .'

'Dim un gair arall,' torrodd Mamiwl ar ei draws . 'Chawn ni byth hyd i Mo os na fydd gynnon ni ddillad. Ac os ydi'n rhaid inni ddwyn dillad oddi ar Ddeudroedwyr ffug, popeth yn iawn.'

'Fedrwn ni ddim niwlio o gwmpas?' gofynnodd Odl.

'Mae niwlio'n groes i'r rheolau,' meddai Dadiwl. 'Mae'n rhaid edrych fel Deudroedwyr pan fyddwn ni ar y Ddaear.'

'Ydach chi'n siŵr fod y Deudroedwyr yn gwisgo fel hyn?' gofynnodd Odl gan ysgwyd llewys hirion côt Yncl Harri.

'Os cawn ni hyd i Mo fach, dydi affliw o ots gen i sut olwg sydd arnon ni!' meddai Mamiwl.

Llifodd y tri Niwlyn Glas dros glawdd yr ardd, ac i ffwrdd â nhw tua'r Stryd Fawr.

'*Cerddwch*,' mynnodd Dadiwl. 'Mae'n *rhaid* inni edrych fel pawb arall.'

Fe ddaethon nhw i lawr yn is at y ddaear.

'Beth os sylwith rhywun arnon ni?' holodd Odl yn boenus. 'Beth petaen nhw'n

sylweddoli nad ydan ni ddim yn Ddeu-
droedwyr go iawn?'

'Y dillad oedd ar fai y tro diwetha','
meddai Mamiwl. 'Y tro yma 'dan ni'n
gwybod fod y dillad yn iawn.'

'Dydyn nhw ddim yn *teimlo*'n iawn,'
meddai Odl gan ysgwyd llewys ei gôt.

'Arhoswch!' meddai Dadiwl. 'Mae 'na un
ohonyn nhw'n dod. Dowch i eistedd i lawr
ar y peth acw ac mi gawn ni weld fedrwn ni
lwyddo i dwyllo Deudroediwr!'

Eisteddodd y tri Niwlyn gyda'i gilydd ar
y fainc gan geisio peidio ag edrych ar y Deu-
droediwr oedd yn nesáu tuag atynt.

Un tal tenau efo ffon oedd o.

Daeth yn nes, ac yn nes, ac yn nes . . .
Yna stopiodd yn union o'u blaenau.

'Wel! Wel!' meddai. 'Ceiniog i'r hen Guto!
Ceiniog i'r hen Guto!'

Rhoddodd ddarn ugain ceiniog i Odl!

10   *Tôst a Jam*

'Bwyd!' broliodd Tecs. 'Y bwyd gorau y
medra i ei wneud!'

Sodrodd blatiad o dôst ar y bwrdd. Roedd canol pob tafell yn frown, frown, a'r ymylon i gyd yn ddu iawn.

'Ddrwg gen i ei fod o wedi llosgi braidd,' meddai Tecs. 'Dydw i ddim yn rhyw dda iawn efo tostiwr. Gei di dorri'r ymylon os 'tisio.'

Doedd o ddim yn edrych fel blociau bwyd i Mo, ond roedd hi'n barod i fwyta unrhyw beth.

Cydiodd mewn darn o dôst. Roedd o'n galed iawn. Pan roddodd hi o yn ei cheg, roedd o'n crensian ar ei dannedd Deudroedaidd.

'Wyt ti isio menyn?' gofynnodd Tecs. Dangosodd rhywbeth melyn iddi a rhyw stwff meddal arall hefyd. 'Jam,' eglurodd.

Roedd Mo ar fin rhoi ei llaw Deudroedaidd yng nghanol y peth melyn, ond dywedodd rhywbeth yn ei meddwl Deudroedaidd wrthi nad oedd hynny'n beth hollol iawn. Cafodd ei hun yn ymestyn at . . . *gyllell* . . . ac yn ei defnyddio.

Dywedai'r rhan Deudroedaidd ohoni wrthi fod y bwyd yn gwneud y tro, a doedd y rhan Mo Lwglyd ohoni'n malio affliw o ddim sut flas oedd arno, dim ond iddi gael rhywbeth i'w fwyta.

Aeth ati i lowcio darn ar ôl darn.

'Mwy?' cynigiodd Tecs.

'Ie, os gweli di'n dda,' atebodd Mo â'i cheg yn llawn.

Aeth Tecs yn ôl at y tostiwr. Wyddai o ddim beth i'w feddwl o'r eneth. Un fechan oedd hi â gwallt cwta. Roedd o'n meddwl efallai ei bod hi'n sâl am ei bod hi mor welw.

'Biti na fyddai Mam yn dod adref,' meddyliodd Tecs. 'Neu Dad yn ymddangos i lawr y grisiau am baned o goffi.'

'Mwy o dôst!' cynigiodd, gan droi'n ôl at y bwrdd â dwy dafell frownddu arall. Yna stopiodd a rhythodd.

Doedd yr eneth welw ddim yn welw mwyach. Roedd hi'n troi'i lliw'n gyflym wrth fwyta.

'Wyt ti'n iawn?' holodd Tecs yn syn gan syllu arni.

'Ydw,' atebodd yr eneth, gan daenu lot o jam ar un darn o dôst a chnoi darn arall ar yr un pryd. Medrai fwyta gymaint â Huw, ac roedd hynny'n dipyn o ddweud!

'Rwyt ti'n troi'n *las*!' meddai Tecs gan gamu'n ôl. Beth petai hi'n dioddef o ryw haint difrifol? Ond doedd hi ddim yn edrych fel petai hi'n sâl. Glasaf yn y byd oedd hi, mwyaf roedd hi i'w weld yn codi'i chalon!

'Tric ydi o?' gofynnodd. 'Sut wyt ti'n gwneud hynna?'

'Gwneud be'?'

'Troi'n las,' meddai Tecs. 'Sut wyt ti'n ei wneud o? Wyt ti'n dal dy wynt?'

Edrychodd yr eneth arno.

'Dydw i ddim yn *troi*'n las,' meddai hi. 'Glas ydw i. Does dim rhaid imi droi i fod yn las. Rhyw frown-wyn wyt ti, yntê? Does dim rhaid iti droi i fod y lliw yna.'

Gwenodd arno. Roedd ei llygaid yn las llachar erbyn hyn, a'i gwallt hefyd.

'Dydw i . . . dydw i 'rioed wedi gweld neb *glas* o'r blaen,' meddai Tecs.

'Mae 'nhad i'n dweud fod Deudro . . . *pobl* . . . pobl o bob math o liwiau, brown a du, melyn a gwyn, pinc a glas.'

'Nid glas,' meddai Tecs. 'Neb heblaw chdi beth bynnag. Wyt ti'n siŵr nad wyt ti ddim yn sâl?'

Ddywedodd yr eneth yr un gair o'i phen. Dechreuodd ei gwefus isaf grynu.

'Mae fy mam a 'nhad i'n las, a 'mrawd i hefyd,' meddai hi.

'Paid â mwydro!' meddai Tecs. 'Wn i ddim sut wyt ti'n llwyddo i fod y lliw yna, ond does yna neb, neb yn las!'

'Wyt ti'n siŵr?'

'*Berffaith* siŵr,' meddai Tecs.

'Os oes yna rai melyn a rhai gwyn a rhai pinc a rhai brown, ella fod yna rai glas yn rhywle ond nad wyt ti ddim wedi clywed amdanyn nhw?'

'Dim ond chdi,' meddai Tecs. Wyddai o ddim ai jôc oedd y cyfan. Roedd yr eneth fel petai'n cymryd y peth yn hollol o ddifrif. Edrychai ar fin rhoi dŵr ar y felin wedyn petai o'n dal ati a thaeru.

'Mae Mam yn las,' meddai'r eneth. 'A Dad. Ac Odl. Dwi'n gwybod achos fe ddaethon nhw i gyd allan o'r un paced.'

'Paced?' gofynnodd Tecs. 'Pa *baced*?'

'Paced y rhith . . . o, dim byd,' meddai'r eneth.

'Wyt ti'n *siŵr fod dy dad a'th fam yn las*?'

'*Ac* Odl!' meddai'r eneth.

'Odl? Dy frawd di ydi Odl?'

'Ie.'

'Ac mae o'n las hefyd?'

'*Maen nhw i gyd yn las*!' arthiodd yr eneth yn flin. 'Hen rith-wisgoedd Deudroed hurt! Maen nhw i gyd yn *las* a dydyn nhw'n dda i ddim. Mi gaiff pawb eu dal.'

'Eu dal?'

'Gan yr Angenfilod.'

'*Pa* angenfilod?' gofynnodd Tecs gan

symud draw oddi wrthi. Beth petai hi o'i cho' yn ogystal â glas?

'Tynnu 'nghoes i wyt ti!' meddai gan ofalu cadw'r ochr arall i'r bwrdd er mwyn bod yn ddiogel rhag genethod glas wedi drysu. 'Jôc ydi'r cyfan. Wn i ddim sut rwyt ti'n troi dy hun yn las, ond dwi'n 'nabod jôc hurt pan glywa i un.'

'Dim jôc ydi hi,' meddai'r eneth.

'Iawn,' meddai Tecs. 'Iawn, ty'd 'laen 'ta. Dwed fwy wrtha i am yr Angenfilod 'ma. Dwed wrtha i sut betha ydyn nhw. Dangos un i mi!'

'Na wna!' meddai'r eneth gan fflachio'i llygaid glas yn ddig arno.

'Ty'd 'laen, neu gyfadda dy fod ti'n dweud celwydd!'

'Dydw i ddim!' meddai'r eneth.

'Wel dangos nhw 'ta!' mynnodd Tecs.

'Fedra i ddim.'

'Fedri di ddim achos does yna ddim Angenfilod. Does yna ddim pobl las nac Angenfilod. Hen fabi'n dweud celwydda ac yn crio wyt ti!'

'*Coelia di fi*, mae yna Angenfilod,' meddai'r eneth. 'Fedra i ddim dangos un iti oherwydd fyddet ti ddim yn *deall*.'

'Ddim yn deall be?' gofynnodd Tecs. 'Dydw i ddim yn dwp! Fetia i 'mod i'n medru deall mwy na chdi.'

'Na fedri di ddim,' meddai Mo. 'Dwyt ti ddim yn glyfar iawn! Dyna ddwedodd Dad!'

'Mae gen i fwy yn fy mhen na chdi!' mynnodd Tecs. 'Hen fabi clwt wyt ti. Does yna ddim Angenfilod, a ti'n gwybod hynny hefyd.'

'Oes mae 'na!'

'Sut rai ydyn nhw?'

''Run fath â chdi!' atebodd yr eneth. ''Run fath yn union â chdi! Hen Ddeudroedwyr hurt!'

'Beth?' meddai Tecs.

'Dyna *wyt* TI! Hen Anghenfil Daear Deudroed hurt wyt ti!' Cododd ar ei thraed a gweiddi nerth esgyrn ei phen ar Tecs yr ochr arall i'r bwrdd. Roedd ei hwyneb yn ffyrnigo bob eiliad ac yn mynd yn lasach ac yn lasach hefyd.

'Rwyt ti . . rwyt ti *o dy go*'!' meddai Tecs gan gilio cyn belled fyth ag y medrai oddi wrthi nes ei fod o â'i gefn yn erbyn drws y cwpwrdd. Fedrai o ddim cilio ymhellach.

'Dydw i DDIM o 'ngho'! Hen Ddeudroediwr bach tila sy'n methu deall troi hyd yn oed wyt ti. A doeddwn i ddim isio dod yma, a rŵan rydw i wedi torri pob rheol ynglŷn â siarad ac fe fydda i mewn helynt; rydw i ar goll beth bynnag, felly 'sdim ots, ac arnat ti mae'r bai ac mae'n gas gen i'r Ddaear a rhith-wisgoedd Deudroed a phob dim!'

Rhythodd Tecs yn gegrwth arni.

'Anghenfil daear? Fi?' gofynnodd gan symud ar hyd ymyl y cwpwrdd gan ofni tynnu'i lygaid oddi arni rhag ofn iddi ymosod arno.

'Dwyt ti ddim yn 'y nghredu i, nac wyt?' meddai'r eneth. 'GWYLIA DI HYN, 'TA!'

Chwyrlïodd niwl glas o amgylch yr ystafell.

Niwl glas, a dim golwg o'r eneth.

Chwyrlïodd y niwl glas drachefn . . .

. . . ac roedd yr eneth yn ôl.

'WFFT' gwaeddodd.

'O! . . . A! . . . Wel . . .' meddai Tecs.

Chwyrlïodd y niwl . . .

. . . a diflannodd yr eneth ynddo.

'Lle . . . lle wyt ti?' gofynnodd Tecs yn wan.

Chwyrlïodd y niwl . . .

. . . ac roedd yr eneth yn ôl, ond y tro yma roedd hi'n eistedd ar ben y cwpwrdd oer.

'Wel?' meddai hi.

Chwyrlïodd y niwl o'i hamgylch hi . . .

. . . a thoddodd yr eneth yn ddim byd. Un munud dyna lle'r oedd hi'n cicio'i sodlau ar ben y cwpwrdd oer gan wneud i'r poteli llefrith sboncio, yr eiliad nesaf . . .

'LLE WYT TI!' bloeddiodd Tecs.

'*Waaa!*'

Trodd Tecs ar ei sawdl. Roedd yr eneth y tu cefn iddo yn y lobi ar ben bocs roedd Mam wedi ei adael wrth ymyl drws yr ystafell ffrynt.

'Hwyl fawr!' meddai hi.

Chwyrlïodd y niwl . . .

. . . a doedd neb ar ben y bocs.

'RHO'R GORAU IDDI!' gwaeddodd Tecs. 'RHO'R GORAU IDDI WNEI DI!'

Chwyrlïodd y niwl . . .

. . . ac ymddangosodd yr eneth ar ben cwpwrdd yn y gegin. Roedd hi'n las, las erbyn hyn.

'STOPIA!'

Chwyrlïodd y niwl.

'STOPIA. STOPIA! S-T-O-P-I-A!'

'Mi fedra i *hisian* hefyd!' chwarddodd yr eneth.

Yna . . .

SSSSSSSSSSSSSSSSSSSaethodd mellten o olau glas fel Ruban Tanllyd ar draws y gegin. Aeth o amgylch y golau ddwywaith cyn SSSSSSSSSSSSSSaethu'n ôl drachefn.

Chwyrlïodd y niwl, ac ymddangosodd yr eneth yn edrych ychydig bach yn welwach, ond yn ddigon bodlon ei byd. Roedd hi fel petai'n ffurfio *allan o'r* niwl, fel petai lwmp ohono'n sydyn wedi hel ei hun at ei gilydd i'w chreu hi.

'Wyt ti'n fodlon rŵan?' gofynnodd. 'Neu oes raid imi *droi* a *hisian* eto?'

'Beth . . . sut?'

'Sut beth?' gofynnodd yr eneth.

'Sut gwnest ti hynna?' gofynnodd Tecs yn floesg.

A dywedodd Mo wrtho.

11 *Rhith-Wisgoedd*

'Fydd neb ddim callach dy fod ti'n las rŵan,' meddai Tecs yn fodlon.

Archwiliodd Mo ei hun yn y drych.

Gwisgai fenig gôl-geidwad Tecs dros ei dwylo gyda hen gôt law i guddio'i dillad glas llachar, balaclafa am ei phen a sbectol haul anferth. Dim ond ei thrwyn oedd yn y golwg ac roedd Tecs wedi rhoi hances boced iddi i'w roi o dan y sbectol haul i'w guddio.

'Dwi'n deimlo'n durt!' meddai Mo mewn llais myglyd. Yna tynnodd yr hances i lawr a'i ddweud wedyn, yn iawn y tro hwn. 'Dwi'n teimlo'n hurt.'

'Ti'n *edrych* yn hurt hefyd,' meddyliodd Tecs ond ni ddywedodd hynny chwaith. Yn hytrach dywedodd, 'Aros di yn yr ardd i warchod y goelcerth a'r tân gwyllt rhag i'r bwlis ddod yma i ddwyn ac i ddifetha, ac mi a' i i chwilio am dy deulu di. Iawn?'

'Sut y medra i warchod y pethau?' gofynnodd Mo.

'Mi fedri di eu *sodro* nhw fel gwnest ti efo fi,' meddai Tecs. Credai fod hynny'n syniad gwych. Y bwlis wedi cael eu sodro, dan ei fawd o. Medrai wneud beth bynnag fynnai efo nhw i godi cywilydd arnyn nhw!

'Wn i ddim fedrwn i sodro neb rŵan,' meddai Mo. 'Mae'n rhaid cael tunelli ar dunelli o ynni i sodro.'

'Rwyt ti wedi bwyta tunelli ar dunelli o dôst,' meddai Tecs. 'Torth gyfan a hanner un arall!' Welodd o erioed yn ei fywyd

91

gymaint o dôst yn mynd i mewn i un person o'r blaen.

'Mae tôst yn iawn i droi'n las ond dydi o'n fawr o help i sodro,' meddai Mo. 'Ond mae'n debyg y medrwn i *hisian* am dipyn ar bŵer tôst . . . ella.'

'Fydd dim *rhaid* iti eu sodro nhw,' eglurodd Tecs. 'Fyddan nhw ddim yn meiddio mentro i mewn i 'ngardd i os gwelan nhw fod rhywun yma. Dydyn nhw ddim yn dod ond pan fydda i ar fy mhen fy hun. Hen fabis clwt ydyn nhw yn y bôn.'

'Fyddai hi ddim yn well imi droi?' gofyn-nodd Mo. 'Mi fedrwn i warchod yr ardd gystal bob tipyn petawn i'n chwyrlïo o gwmpas.'

'Paid ti â meddwl y byddai'r bwlis yn cadw draw o'r ardd dim ond am ei bod hi'n edrych yn niwlog yma,' meddai Tecs. 'Mae'n rhaid iti fod yn soled, fel person, i ddychryn y bwlis a'u hel nhw ymaith. Dydw i ddim eisio iddyn nhw ddod yma a chynnau 'nghoelcerth i.'

Bu'n rhaid iddo ddangos i Mo beth oedd coelcerth.

'Ti'n ei thanio hi,' eglurodd. ''Dan ni'n rhoi Guto Ffowc ar ei phen hi ac yn ei losgi.

92

Heno. Y 5ed o Dachwedd. Noson Guto Ffowc.'

'Guto Ffowc?'

Bu'n rhaid iddo egluro ynglŷn â Guto Ffowc hefyd.

'*Pam* roedden nhw'n ei roi o ar y tân?' gofynnodd Mo'n grynedig. 'Oedden nhw'n ei *goginio* fo? Oedd o wedi llosgi, fel y tôst?'

'Dydi pobl ddim yn bwyta pobl,' meddai Tecs. 'Dydan ni ddim yn gwneud pethau felly.'

'Ond mae rhai Angenfilod Daear yn gwneud!' mynnodd Mo, a soniodd wrtho am yr Anghenfil Daear efo goleuadau gwyrdd.

'Cath oedd hi!' meddai Tecs. 'Cath yn dal llygoden. Wel wir, does gen ti ddim clem, nac oes?'

'Roedd y *gath* yn bwyta'r *llygoden*,' meddai Mo yn anghysurus.

'Dydi pobl ddim yn gwneud peth fel yna,' meddai Tecs gan benderfynu nad dyma'r pryd na'r lle i sôn am ganibaliaid. Yna cofiodd am y frechdan gig a fwytaodd cyn mynd i'r llyfrgell. 'Wel, ddim yn hollol beth bynnag. Ond mae'n rhaid inni fwyta rhyw-beth, yn rhaid?'

'Dwi'n meddwl eich bod chi i gyd yn hu . . . wel ddim yn bethma iawn,' cywirodd

93

Mo ei hun yn ddoeth i gyd. 'Dwi'n meddwl y byddai'n well o lawer gen i aros yn niwlaidd.'

'Chei di ddim,' meddai Tecs. 'Mae'n rhaid iti warchod fy ngardd i rhag y bwlis. Mae'n rhaid iti edrych fel person.'

'Person ydw i,' meddai Mo.

'Naci. Dwyt ti ddim. Rwyt ti'n . . . o, wel, wn i ddim be wyt ti . . .'

'Nid Anghenfil Daear hurt ydw i beth bynnag,' meddai Mo. 'A dydw i ddim isio *aros* yn un chwaith!'

'Dydw i ddim yn hurt, ac nid Anghenfil ydw i!' meddai Tecs. Erbyn hyn roedd o'n dechrau laru clywed mor glyfar oedd hi ac mor hurt roedd o.

'Wyt. Dyna wyt ti,' meddai Mo. 'Anghenfil Daear Deudroed wyt ti!'

'A Niwlyn Glas Anghenfil Gofod wyt ti!'

Rhythodd Mo arno. Anghenfil Gofod???

'*Pobl* ydan ni'n dau,' meddai Mo yn araf. 'Gwahanol fath o bobl. Nid Angenfilod.'

'Iawn!' cytunodd Tecs.

'Wna i ddim dy fwyta di os gwnei di addo peidio 'mwyta i?' gofynnodd Mo gan geisio bargeinio er mwyn teimlo'n berffaith ddiogel. Gwyddai dipyn go lew am Angen-filod Daear am ei bod hi wedi siarad efo

Tecs, ond doedd hi ddim yn siŵr oedd o wedi dweud popeth wrthi chwaith.

'Iawn!' cytunodd Tecs.

'Ac mi gei di hyd i Mam a Dad ac Odl imi?'

'Mi wna i 'ngorau *glas*!' chwarddodd Tecs, ac i ffwrdd â fo.

Chafodd o fawr o lwyddiant, ond nid arno fo'r oedd y bai am hynny. Roedd o'n chwilio am dri pherson glas a ddisgrifiwyd iddo, neu, os na welai o'r rheini, tri ffurf niwlog glas digon soled yr olwg petai'r Niwliaid wedi penderfynu torri'r rheolau.

Prin y sylwodd o ar y bachgen efo'r ddau Guto Ffowc yn casglu arian ym mhen draw Stryd y Farchnad.

Gwisgai'r bachgen gôt las fawr a het ar ei ben. Roedd ei ddau Guto Ffowc mawr yn gwisgo tomen o ddillad yn cynnwys het-mynd-i-bingo a hen drowsus garddio i rywun. Dros eu hwynebau roedd mygydau glas addas iawn.

'Ceiniog i'r Guto?' galwodd y bachgen a gadawai pobl geiniogau a 10 ceiniogau ac 20 ceiniogau iddo.

Aeth Tecs heibio ar ei union a sylwodd o ddim ar dri phâr o lygaid gleision disglair yn ei ddilyn.

'Roddodd hwnna'r un geiniog inni!' cwynodd un Guto o dan ei wynt.

'Roedd o'n gallach,' meddai'r ail Guto.

'Byddwch ddistaw!' sibrydodd y bachgen. 'Mae'n rhaid inni gael bwyd. Mi fedrwn ni brynu peth efo'r arian mae'r Deudroedwyr yma'n ei roi inni!'

'Ond . . .'

'*Sssshhh*!' meddai Odl. 'Ceiniog i'r Guto?' galwodd yn obeithiol ar ddwy wraig yn mynd heibio. Rhoddodd Y Polyn Lein 20 ceiniog iddo, ond cadwodd Y Peg ei bag ar gau oherwydd nad oedd hi'n deall pam roedd pobl yn rhoi arian i Guto Ffowc.

Doedd y Niwliaid ddim chwaith.

Ond dyna ddigwyddodd dro ar ôl tro ar ôl tro.

'Dwi isio cael hyd i Mo,' sibrydodd Mamiwl.

'Mae'n rhaid inni gael bwyd i ddechrau,' meddai Dadiwl. 'Yna fe awn ni i chwilio am Mo. Chawn ni byth hyd iddi os diflannwn ni am nad ydyn ni wedi bwyta, na chawn?'

Felly fe arhoson nhw yn lle'r oedden nhw efo Odl yn casglu arian Guto Ffowc er mwyn cael bwyd, a dyna ble'r aeth Tecs heibio iddyn nhw heb edrych arnyn nhw ddwywaith.

Yn y cyfamser, yng ngardd gefn y bwlis . . .

'Mae 'na rywun wedi difetha'r tri Guto Ffowc!' bloeddiodd Crad.

'Wedi eu tynnu nhw'n rhacs grybibion!' gwaeddodd Llew.

Rhythodd y tri bwli ar y pentwr o hen wellt a chasys gobenyddion a choesau brwsys sef y cyfan oedd ar ôl o'r tri Guto Ffowc.

'Pwy wnaeth hyn?' rhuodd Gron.

'Tecs Sbecs!' sgrechiodd y tri bwli ar yr un gwynt. 'Dowch ar ei ôl o! Daliwch o! Dyrnwch o!'

'Chwalwch ei goelcerth o!' gwawchiodd Crad.

'Llosgwch ei Guto Ffowc o!' rhuodd Llew.

'Malwch o'n rhacs mân!' ysgyrnygodd Crad gan ddawnsio mewn cynddaredd. 'Mi ddyrnwn ni o. Dewch! 'Dan ni'n mynd i ddileu Tecs Sbecs oddi ar wyneb y ddaear am feiddio gwneud hyn!'

Roedd Huw wedi dod drwy'r ffens o'r drws nesaf a dyna lle'r oedd o'n eistedd yng nghwt sinc Tecs. 'Huw!' galwodd Huw Fawr gan ei ddilyn. 'Cael sgwrs efo Guto Ffowc wyt ti, Huw?'

Dyma'r tro cyntaf i Huw Fawr weld Guto Ffowc Tecs. Roedd o'n un gwych, bron iawn gymaint â bod dynol. Gwisgai hen gôt ac roedd ei ben wedi ei wneud o beth edrychai'n debyg iawn i falŵn las wedi ei gorchuddio â balaclafa a hances boced. Gorffwysai sbectol haul anferth ar drwyn mawr glas.

'Doniol!' meddai Huw gan gyfeirio at y Guto Ffowc.

'Doniol iawn!' cytunodd Huw Fawr.

Yna cododd Huw y bocs tun lle'r oedd marblis Tecs. Agorodd Huw Fawr y tun a gadael iddo sbecian i mewn. Gafaelodd Huw Bach yn y farblen wen a'i chwifio o dan drwyn Huw Fawr. 'Anrheg!' meddai fo.

'Nid i ti, Huw,' meddai Huw Fawr. 'Tecs bia honna.'

SI-SI-SI-SI meddai'r anrheg fel roedd Huw Fawr yn ei roi'n ôl yn ddiogel yn y tun ac yn cau'r caead.

Clywyd rhyw sibrwd y tu ôl i Huw Fawr wrth i Guto Ffowc Tecs stwyrian.

'Hei?' meddai Huw Fawr gan droi rownd.

Roedd o bron â mynd ar ei lw fod . . .

SI-SI-SI-SI.

Parhaodd y sŵn wrth i Huw Fawr godi Huw ar ei fraich i fynd â fo'n ôl dros y ffens.

Roedd Guto Ffowc Tecs yn ymddwyn yn hollol wahanol i unrhyw Guto Ffowc fu erioed! Dawnsiai o gwmpas y cwt sinc yn cydio yn y farblen wen oedd yn mynd si-si-si-si.

Rowliai gweddill y marblis ar hyd y llawr wedi i Mo eu gollwng yn ei chyffro.

Si-si-si-si.

'Fe gân nhw hyd imi rŵan! Maen nhw'n siŵr o gael hyd imi rŵan! Sut aeth fy Nghrud i i mewn i fanna?'

Ni wastraffodd Mo ragor o amser.

Brysiodd i droi. Syrthiodd ei dillad Guto Ffowc ar lawr gyda'r sbectol haul anferth a'r menig gôl-geidwad.

'Fydd dim rhaid imi fod yn Ddeudroediwr eto. Byth, byth!' Teimlai braidd yn euog fod y Deudroediwr clên allan yn chwilio am ei theulu hi; roedd hi i fod i warchod ei goelcerth, ond roedd y demtasiwn i fod yn

100

hi'i hun, yn niwlyn drachefn, yn rhy gryf o lawer.

'Mamiwl! Dadiwl! Odl! *Brysiwch*! Dowch i fy nôl i!'

Roedd y Niwliaid wedi mynd yn ôl o dan y bont drachefn ac wedi newid iddyn nhw'u hunain niwlaidd. Ar ôl iddynt lowcio plateidiau o sosej a tships mewn caffi gan lenwi eu rhith-wisgoedd â thomen o fwyd, teimlai'r tri braidd yn bethma a dweud y gwir. 'Mi fyddwn ni'n well yn y munud,' meddai Mamiwl.

'Dwi'n teimlo'n sobor,' griddfanodd Odl.

'Dim ond poen yn dy fol ydi o,' meddai Dadiwl. 'Mi fyddi di'n iawn cyn bo hir.'

Yna . . .

SI-SI-SI-SI.

'Si Mo!' gwaeddodd Mamiwl.

Doedd dim arall yn bwysig bellach. Anghofiwyd pob poen bol.

'Dowch 'laen!' chwyrlïodd Mamiwl yn llawen. 'Brysiwch!'

'Beth am ein rhith-wisgoedd ni?' gofynnodd Dadiwl.

'Anghofia nhw!' meddai Mamiwl.

'O! Na!' mynnodd Dadiwl.

'Brysia 'ta,' meddai Mamiwl. 'O! Brysia!'

A dyna'r Niwliaid yn troi ac yn sbydu allan o dan y bont gan anelu ar hyd y llwybr â'u coesau Deudroedaidd yn sgrialu oddi tanynt, ddim yn hollol yn cyffwrdd 'r ddaear.

'O! Na!' griddfanodd Twm Drwm gan gythru i afael mewn polyn lamp. 'Na! Na! Ddim eto!'

Rhuthrodd y Niwliaid heibio iddo â'u dillad Guto Ffowc yn cyhwfan yn wyllt o'u cwmpas gan adael cynffon o olau glas fel Ruban Tanllyd ar y llwybr.

'H-E-L-P!' gwaeddodd Twm.

Diflannodd y Niwliaid rownd y gornel . . . wel, ddiflannodd y cyfan ohonyn nhw ddim. Daeth chwa o wynt, a chwythwyd rhywbeth yn ôl tuag at Twm gan sboncio ar hyd y ddaear.

Petai o ddim wedi bod mor siŵr yn ei feddwl ei hun na fedrai hi fod yn y fan honno, fe fyddai o wedi mynnu mai het-mynd-i-bingo ei fusus o oedd hi.

SI-SI-SI-SI.

Rhuthrodd y Niwliaid i lawr Stryd y Farchnad, rownd y gornel gan anelu at ardd gefn tŷ Tecs lle'r oedd Crud Mo yn dal i sïo.

Ond nid y Niwliaid oedd yr unig rai a oedd yn anelu drwy'r gwyll at ardd 73 Stryd y Plas . . .

Roedd eraill ar eu ffordd yno hefyd.

13 *Brwydr y Goelcerth*

'Tecs Sbecs! Dyma fo'n dod!' sibrydodd Crad.

'Gafaelwch ynddo fo!' meddai Llew o dan ei wynt.

'Mi malwn ni o!' meddai Gron.

Llechai'r bwlis y tu ôl i'r biniau lludw yn y lôn gefn. Fe wydden nhw fod rhieni Tecs wrthi'n brysur yn symud pethau dros y ffordd i'r Siop Ail-law. Roedd Tecs yn yr union le roedden nhw'i eisiau o, ar ei ben ei hun yn hollol heb neb ar ei gyfyl a dim gobaith o help o unman.

Ymlwybrodd Tecs yn llafurus tuag atyn nhw. Roedd o wedi cerdded a cherdded a cherdded i chwilio am y Niwliaid, ond ni lwyddodd i gael hyd iddyn nhw a rŵan roedd o'n poeni sut y medrai dorri'r newydd i Mo.

Pobl las . . . pobl o'r Gofod, doedden nhw ddim hyd yn oed yn *bobl*, dim ond cwmwl o niwl oedden nhw. Roedd y peth yn hollol anghredadwy, ond roedd yn rhaid iddo gredu ynddyn nhw, oherwydd roedd o wedi gweld un, wedi siarad efo un, a rŵan roedd o'n ei helpu, neu'n ceisio gwneud hynny.

'Dydw i'n cael fawr o hwyl arni!' meddai wrtho'i hun. 'Beth wnawn ni? Mi fedrai hi fyw yn fy nghwt sinc i. Mi fedrwn i sleifio allan efo bwyd iddi pan fydd Mam yn y siop.'

I feddwl nad oedd ganddi hi ddim corff, roedd ganddi hi andros o archwaeth at fwyd.

'Mae hi'n dweud nad ydi'n bwyd ni'n dda i ddim. Mae'n rhaid iddi fwyta tunelli o dôst, meddai hi.' Siaradai Tecs ag ef ei hun.

'Hei! Tecs Sbecs!'

Cododd ffurf dywyll o ganol y biniau.

'Ll'gada sgwâr!'

Cythrodd rhywun i'w goler gan roi sgytfa a darn iddo. Tynnodd rhywun arall ei wallt yn gïaidd. Dyrnodd rhywun ei gefn yn galed. Syrthiodd Tecs gan gicio a straffaglio ar y llawr a'r tri bwli ar ei ben.

Doedd hi'n ddim llawer o gwffas. Roedd y bwlis yn llawer rhy gryf iddo. Fe wydden nhw hynny'n iawn neu fydden nhw byth wedi mentro ymosod arno.

'Dowch â fo i mewn i'w ardd!' meddai Gron a chariwyd Tecs yn cicio ac yn strancio drwy'i giât gefn. Taflwyd ef i lawr.

Eisteddodd Crad ar ei gefn.

'Dwyt ti ddim mor glyfar rŵan, nac wyt?' meddai a thynnu'i glustiau yn gïaidd.

'Awtsh!'

'Jôc dda, dwyn dillad y tri Guto Ffowc, yn toedd, Tecs Sbecs?' gwenodd Crad yn filain arno.

'Roedd y rheina'n rhai da,' meddai Llew. 'Ddylet ti ddim fod wedi cyffwrdd dy hen facha budron ynddyn nhw.'

'Wnes i ddim!' meddai Tecs yn syn. Wyddai o ddim am beth roedden nhw'n sôn. Roedd o wedi bod mor brysur yn ceisio helpu Mo fel na chofiodd o ddim byd am noson Guto Ffowc tan y munud hwn.

'O nac wyt,' meddai Gron gan neidio i fyny ac i lawr ar gefn Tecs. 'Fyddi di byth yn gwneud dim byd, na fyddi? Affliw o ddim. Ni'n tri sy'n cael yr helynt i gyd ynte? Ein Guto Ffowc ni sy'n cael ei ddifetha . . .'

'Wnes i ddim! Wir rŵan! Awtsh! Wir yr!'

'Ti 'di'u difetha nhw, dyna'r gwir!' meddai Crad. 'Wel, mi dalwn ni'n ôl iti'r tro yma! Rydan ni'n mynd i gynnau'r goelcerth fach yma iti, Tecs Sbecs, a rydan ni'n mynd i daflu dy hen stwff di i gyd arni hi!'

'Feiddiwch chi ddim! Awtsh!' griddfanodd Tecs fel y rhoddodd Crad dro creulon ar ei fraich.

'Na wnawn ni?' meddai Crad. 'Gei di'n gwylio ni wrthi hi, Tecs Sbecs! Feiddi di ddim chwarae triciau arnon ni'n tri eto!'

Wyddai Mo ddim beth i'w wneud. Roedd hi mewn andros o benbleth.

Swatiai yn ei chwrcwd ger y ffens, yn gwrando ar y Deudroedwyr yn gweiddi ar ei gilydd, yn dyrnu'i gilydd, yn brifo'i gilydd. Roedd tri Deudroedwr dieithr wedi dal ei ffrind ac roedden nhw'n gweiddi arno fo, yn ei lusgo o gwmpas, ac yn neidio i fyny ac i lawr ar ei gefn, a doedd hynny ddim yn deg achos dim ond un bychan oedd o ac roedden nhw i gyd yn fwy na fo.

Pam na fyddai ei fam neu ei dad, y Deudroediwr efo'r mwg, yn dod? Ble'r oedden nhw?

Chwyrlïodd Mo tuag at gartref y Deu-droedwyr i chwilio amdanyn nhw, ond clywodd floedd uchel gan Tecs ac aeth yn ôl.

Roedd y Deudroedwyr dieithr yn sbaena yn y cwt sinc, yn llusgo pethau allan a doedd yr ardd ddim yn dywyll bellach. Llosgai rhyw fân fflamau yn y gwyll.

Coelcerth Tecs! Roedden nhw wedi cynnau coelcerth Tecs!

Chwyrlïodd Mo drwy'r awyr, yn gynffon filain o niwl glas. Beth fedrai hi ei wneud?

Rhuthrodd un o'r Deudroedwyr heibio iddi gan lusgo pethau mawr duon crymion efo tyllau ynddyn nhw . . . teiars . . . tuag at y tân. Pethau Tecs oedden nhw, y pethau roedd ei ffrind yn chwarae efo nhw.

Saethodd tafod o niwl glas gydag ymyl grychlyd allan tuag ato, gan gyffwrdd ag ef . . . ond weithiodd dim byd. Doedd Mo ddim yn ddigon cryf i *sodro* un ohonyn nhw hyd yn oed, heb sôn am dri.

'Rhowch Guto ar y tân!
Rhowch Guto ar y tân!
 Hei ho, hei di ho,
Rhowch Guto ar y tân!'
gwaeddodd y Deudroediwr oedd yn neidio i fyny ac i lawr ar gefn Tecs.

'Mae'n rhaid imi wneud *rhywbeth*!'

108

Roedd Mo bron â drysu.

'Gwylia hyn, Tecs Sbecs!' gwaeddodd y Deudroediwr mwyaf gan daflu pethau i ganol y fflamau.

Ciliodd Mo druan draw o'r fflamau. Helynt Daear oedd o, trafferth hurt a dychrynllyd, dim byd i'w wneud efo hi a doedd hi ddim yn ei rhith-wisg. Gallai unrhyw un sylwi arni . . . fedrai hi ddim torri'r holl reolau i gyd ar unwaith. Petai hi'n newid, fe fydden nhw'n ei brifo hi fel roedden nhw'n brifo'i Deudroediwr *hi*.

'Dwi 'di addo! Dwi 'di addo gwarchod y goelcerth ond fe anghofiais i, a rŵan mae o wedi cael ei ddal, ac maen nhw'n ei frifo fo ac yn llosgi'i bethau o. Roedd o'n fy helpu i. Roedd o'n chwilio am Mamiwl a Dadiwl ac Odl i mi.'

O! Ble'r oedden nhw? Byddai Dadiwl yn gwybod beth i'w wneud.

'A fedra i ddim hyd yn oed eu sodro nhw!' meddyliodd Mo.

Yna, sylweddolodd rywbeth.

. . . fedra i ddim eu *sodro* nhw, ond mi fedra i *hisian*.'

'Dwi 'di'u cael nhw!' meddai Crad gan ddod allan o'r cwt sinc yn cario bocs tân gwyllt Tecs. 'Mae gan Tecs Sbecs ormod o lawer. Mi wnei di eu rhannu nhw efo mi, yn gwnei, Tecs Sbecs?'

'Tafla nhw ar y tân!' meddai Gron gan neidio'n drymach fyth ar gefn Tecs.

'Meiddiwch chi!' meddai Tecs gyda hynny o wynt oedd ganddo ar ôl.

'Rydan ni'n talu'n ôl iti am ddifetha'n tri Guto Ffowc ni,' meddai Crad. 'Ac os meiddi di agor dy hen geg i ddweud wrth dy fam a a'th dad mi sodrwn ni di. Ti'n deall? Mi sodrwn ni di unwaith ac am byth!!'

'Mae'n *well* iti ddeall,' meddai Gron. 'Neu fyddwn ni ddim yn glên ac yn garedig byth eto! Deall?'

'Gadwch lonydd i 'nhân gwyllt i!' meddai Tecs drwy'i ddagrau.

'Dyma ni!' chwarddodd Gron. Taflodd y tân gwyllt y naill ar ôl y llall ar y goelcerth.

Ffrwydrodd Glaw Aur a Jaci Jympars, Gwreichion Gwyllt a Rubanau Tanllyd drwy'r awyr gan neidio a chlecian. Chwyddodd y tân i fyny a . . .

. . . daeth Ruban Tanllyd rhyfedd, un glasach na'r gweddill, yn *hisian* i olau'r tân o gyfeiriad y ffens, gan adael llwybr o wreichion glas wrth iddo anelu yn syth at Crad.

'Hei!' gwaeddodd Crad.

'Mo!' sylweddolodd Tecs. 'Mo yn *hisian*!'
Aeth y ruban glas ar dro gan hisian yn ôl drachefn. 'Hei! Mae o'n ymosod arna i!' gwaeddodd Crad gan neidio i'r ochr i geisio'i osgoi. *Hisiodd* y Ruban Tanllyd drwy'i wallt. Ceisiodd ei daro a baglodd gan daro Gron oedd wedi codi oddi ar gefn Tecs.

'Hei! Be ydi o? HELP!' gwaeddodd Gron. Saethodd y Ruban Tanllyd yn ôl yn gyflym i *hisian* drachefn gan dasgu gwreichion glas i bobman a'r rheini'n serio ac yn llosgi pob peth yn eu llwybr.

'AAAAAAAAWWWW!' sgrechiodd Llew wrth i'r Ruban Glas *hisian* arno.

'CER O'MAAAAAA!' bloeddiodd Gron gan ollwng y bocs tân gwyllt ac anelu'n ôl tua'r giât gefn â darnau glas yn hisian ym mhobman o'i amgylch.

HISSSSSIAN! 'AWWW!' *HISSSSSIAN* 'AWWW!' *HISSSSSSSIAN*.

'HELP!'

HISSSSSIAN!

HISSSSSSSIAN!

HISSSSSSSSSSSSSSSSIAN!'

Dyrnodd a tharodd y tri bwli yn erbyn ei gilydd, wrth geisio osgoi'r fflam las oedd yn *HISIAN* o'u cwmpas, yna . . .

CRASH!

Torrodd y darn pren pydredig oedd ar ben pydew bwlis Tecs a syrthiodd y tri bwli ar eu pennau i mewn iddo'n bendramwnwgl yn un pentwr blêr o goesau a breichiau a phennau.

HISSSSIAN!
HISSIAN!
HISIAN!
Hissssian . . .
Hissian . . .
Hisian . . .

Straffagliodd y tri bwli i ddringo allan o'r pydew mwdlyd gan ei gwadnu hi nerth eu traed am y giât. Roedden nhw wedi anghofio popeth am Tecs a'i dân gwyllt yn yr ymdrech i ddianc rhag yr *hisian* glas dychrynllyd a'u harswydodd.

'*TECS!*' galwodd llais tad Tecs wrth iddo redeg allan drwy'r drws cefn ar ôl clywed y sŵn.

'DOWCH 'LAEN!' bloeddiodd Crad.

Hisiodd y Ruban Tanllyd am y tro olaf gan anelu i gyfeiriad Crad, ond roedd Crad eisoes wedi ei sgrialu hi drwy'r giât ac aeth ar ei ben i mewn i'r biniau.

'Paid â gwastraffu amser!' gwaeddodd Llew.

'AAAAAAAA!' bloeddiodd Gron.

Roedd o wedi stopio'n stond ar y lôn gefn gan rythu'n llygadrwth ar yr olygfa ddychrynllyd o'i flaen.

Rhuthrai Tri Ffurf Glas ERCHYLL tuag ato, gan daflu dillad o'r neilltu wrth iddyn nhw ddod. Roedden nhw'n enfawr ac yn las a thasgai goleuadau arallfydol ohonynt. Tri Guto Ffowc GO-IAWN!

'AWWWWWW!' sgrechiodd Crad.

'DOOOOOOOOWCH!' gwaeddodd Llew.

'HEEEEEEELP!' bloeddiodd Gron.

'Wedi'ch dal chi!' meddai tad Tecs gan afael ynddyn nhw fel roedden nhw'n dianc yn ôl i ardd Tecs.

'Syr! Syr! Helpwch ni, Syr!' griddfanodd Gron.

'Peidiwch â gadael iddyn nhw'n dal ni!' crefodd Crad.

'Achubwch ni!' erfyniodd Llew.

'Rhag beth?' gofynnodd tad Tecs gan eu gwthio i gyfeiriad y tŷ.

'Ddown ni byth yma eto, Syr!' meddai Gron. ''Dan ni'n addo! Ond peidiwch â gadael iddyn NHW gael gafael ynon ni! Chyffyrddwn ni mo bennau'n bysedd yn Tecs Sbecs byth eto!'

'Chewch chi ddim cyfle!' meddai tad Tecs.

'Mi ofala i hynny.' Gwthiodd nhw i mewn i'r gegin.

Safai Tecs yn yr ardd yn syllu ar olau glas bach gwantan yn *hisian* yn agos at y ddaear.

'Mo?' sibrydodd. 'Wyt ti'n iawn, Mo?'

Clywodd y darn bach glas yn *hisian* yn isel.

Yna, yn sydyn, cynyddodd yr hisian a chwyrlïodd y darn bach glas yn llawen.

Chwyrlïodd tri darn o niwl glas dros wal yr ardd. Dau ddarn mawr ac un hanner eu maint.

HIIIISSSSSIIIIAAAAN!

Daeth y darn bach a'r tri darn arall at ei gilydd. *Nhw* oedd yna, y Niwliaid!

'Tecs!' gwaeddodd Mam. 'Tecs! Ydi popeth yn iawn, Tecs?'

'Ydi, Mam. Ydi,' atebodd Tecs yn fodlon iawn ei fyd.

Aeth tad Tecs â'r bwlis ofnus adref gan eu bod nhw wedi dychryn gormod i fynd ar eu pennau eu hunain drwy'r tywyllwch. Fe fynnodd o gael sgwrs gall â'u mam nhw, ac fe fyddai o wedi cael gair bach difrifol iawn gyda Twm Drwm hefyd, ond roedd y doctor wedi gyrru Twm i'w wely ac wedi gorchymyn iddo aros yno am dipyn i gael seibiant llwyr.

Gofalodd y tri bwli gloi drws eu llofft y noson honno.

'Llygaid tanllyd!' crynodd Crad.

'Crafangau!' ochneidiodd Llew.

'Tafodau gwenwynig!' criodd Gron.

'Ysbrydion!'

'Draciwlas glas!'

Drwy drugaredd roedden nhw wedi dychryn gormod i sylwi ar hen gôt Yncl Harri pan syrthiodd hi oddi ar gefn un siâp niwlaidd a rhuthrai i lawr y lôn gefn.

'A' i byth ar gyfyl gardd Tecs Sbecs eto!' addawodd Llew.

'Na finna chwaith!' meddai Gron.

'Ddim am fil o bunnau!' meddai Crad, gan guddio'i ben o dan ddillad y gwely a ddaeth o ddim allan tan fore trannoeth ac roedd ganddo waith egluro mawr i'w fam pam roedd o yn ei wely yn ei esgidiau â phob cerpyn o'i ddillad yn dal amdano.

Honno oedd y noson Guto Ffowc orau gafodd Tecs erioed yn ei fywyd!

Roedd digon o dân gwyllt Tecs ar ôl, ac aeth ei dad i brynu ychwaneg yn lle'r rhai a daniwyd cyn pryd. Cododd Huw Fawr Huw Bach ar ei ysgwyddau, a llosgodd y tân gan glecian a mygu a rhuo. Llanwyd yr ardd gan oleuadau'n llamu a chysgodion ... rhai ohonyn nhw, ychydig bach y tu hwnt i gylch golau'r tân, yn las a niwlog, ond sylwodd neb ond Tecs arnyn nhw.

Taniodd tad Tecs y Crwydrwyr Coch a'r Clychau Clec, Y Goleuadau Gwyrdd a Glas a Melyn, Lanternau Gwyrdd a Sêr Siriol, Llygaid Diafol a Fflechyll Tanllyd, Ellyllon Euraid a Fflamau Rubanau, Olwynion Catrin a Glaw Aur, Taflegrau Tân a Boliau Bomiau, Gwrachod Sgrech a Gwiail Gwreichion.

Chwifiodd Tecs y Gwiail Gwreichion yn yr awyr er mwyn i Huw gael eu gweld. Gwnaeth gylchoedd a llinellau yn yr awyr i sillafu HUW a chafodd amser gwych.

'Sosejys!' gwaeddodd Mam. 'Dowch 'laen pawb!'

Rhoddwyd y sosejys ar ffyrc a'u clymu ar ffyn i'w coginio uwchben marwor y tân. Sylwodd neb eu bod nhw braidd yn grimp a chafodd pawb ddiod o lemonêd.

'Nos da, Tecs!' meddai Huw Fawr ac aeth o a Huw a mam Huw dros y ffens yn ôl adref.

'Fe aeth pethau'n bur dda, do Tecs, er gwaethaf y bwlis?' meddai Mam pan oedd Tecs yn mynd i'w wely.

'*Gwych*!' meddai Tecs gan roi sws i'w fam a'i dad cyn dweud nos da.

Aeth i'w wely, ond chysgodd o ddim chwaith.

Gorweddodd yno'n meddwl am Mo.

Bu'n ddewr iawn, yn *hisian* ar y bwlis gan eu dychryn nhw o'r ardd. Roedd hi wedi achub y *rhan fwyaf* o'i dân gwyllt. Bu'n ffrind da.

'Mae'n siŵr ei bod hi wedi mynd yn ôl erbyn hyn,' meddai Tecs wrtho'i hun. 'Yn ôl i ble tybed?'

Cododd ac aeth at y ffenest. Agorodd y llenni melyn a syllodd allan ar yr awyr.

Mae'n debyg fod Mo allan yn rhywle yn y gofod, meddyliodd. Yna, ym mhen draw'r ardd gwelodd rywbeth yn llamu. Golau.

Nid marwor y tân oedd o oherwydd coch oedd hwnnw. Rhywbeth glas oedd yn symud.

Chwyddodd y golau a grymuso.

'*Nhw* sy 'na!' meddyliodd Tecs. 'Y Niwliaid! Yr holl deulu. Maen nhw wedi aros i ddweud ffarwél.'

Yn y tywyllwch dechreuodd pedwar siâp ffurfio . . . yn union fel pobl. Mo, ei mam, ei thad, ac Odl.

Curodd Tecs ar y ffenest a chododd ei law.

Cododd Mo ei llaw yn ôl.

Yna newidiodd y ffurfiau gan doddi'n fwy ac yn fwy niwlog nes iddynt ddiflannu'n gyfan gwbl i'r tywyllwch . . .

'Hen ddaear hurt stiwpid!' meddai Odl gan setlo yn y llong ofod i fwyta blocyn bwyd. 'Fe fuost ti'n lwcus, Mo! Roedd y bwyd gawson ni'n *erchyll* . . .'

'Ych!' meddai Mamiwl. Allai hi ddim stumogi sosejys.

'Yn ddiflas ac yn seimlyd!' meddai Odl.

'Mi ges i fwyd iawn,' meddai Mo, gan gofio'r tôst wedi llosgi. Roedd y Deudroediwr wedi bod yn garedig iawn yn ei wneud iddi, a doedd hi ddim yn mynd i *ddweud* ei fod o'n ofnadwy, hyd yn oed os oedd o.

120

'Dwi'n falch ein bod ni'n mynd adref,' meddai Odl. 'A' i byth ar gyfyl yr hen Ddaear yna eto. Mae Angenfilod Daear yn hollol hurt.'

'Dydi pob un ddim,' mynnodd Mo.

'Meddwl am ei chariad mae hi!' gwawdiodd Odl. 'Mae gan Mo *gariad*! Hen Anghenfil Daear! Deudroediwr bach hurt bost!'

'Doedd o ddim yn hurt!' meddai Mo. 'Roedd o'n ffeind iawn.'

'Ddylet ti ddim fod wedi ymyrryd mewn helynt Deudroedwyr chwaith, Mo,' meddai Dadiwl.

'Fe fuo' fo'n garedig iawn efo fi,' meddai Mo. 'Fe helpodd o fi. Roedd yn *rhaid* imi ei helpu o. Roeddwn i'n ei hoffi o. Roedd o'n Ddeudroediwr clên! Fedrwn i ddim sefyll yno'n gwylio'r lleill yn ei frifo fo ac yn llosgi ei bethau o, na fedrwn.'

'Na fedret, cariad,' meddai Mamiwl gan gydio'n dynn yn Mo. 'Na fedret siŵr iawn!'

'Meddyliwch! . . . Hen Anghenfil Daear Deudroed yn *gariad*,' meddai Odl.

'Nid fy *nghariad* i oedd o,' meddai Mo. 'Ond roedd o'n glên. Ac nid Anghenfil oedd o chwaith.'

'Gwahanol i ni oedd o, yntê 'mach i?' meddai Mamiwl.

'Ac yn llawer callach na rhai ohonon ni, Odl!' meddai Dadiwl.

Aeth Mo at y Gwydr-gweld a gwylio'r Ddaear fechan yn troelli islaw iddyn nhw. Diflannodd y tai a'r strydoedd ers tro, a'r mynyddoedd hefyd. Darnau o liw yn unig oedd y gwledydd a'r cyfandiroedd. Newid-iodd y llong ofod ei chwrs, i'r chwith i'r haul ac i'r dde i'r lleuad gan hisian ymlaen allan i'r gofod o ble daeth hi, gan adael cynffon o olau glas y tu ôl iddi fel ruban tanllyd.

'Bang-bang-bang-bang! DILEU!' gwaedd-odd Odl.

'Cau dy geg, Odl!' meddai Mamiwl.

'*Os gweli di'n dda, Odl, wnei di gau dy geg*?' gofynnodd Mo yn gwrtais.

'Bang-bang-bang-bang!'

Trodd Odl ei gefn ar ei hen chwaer fach annifyr.

Safodd Mo o flaen y Gwydr-gweld.

'Da bo chdi,' sibrydodd yn ddistaw. Arhosodd yno'n llonydd o flaen y Gwydr-gweld gan syllu i lawr ar y Ddaear fechan nes iddi ddiflannu'n llwyr o'r diwedd.

'Da bo chdi, Tecs. Da bo chdi.'